安迪斯晨风 著

网络文学导读

SHENGRU
BAICAO

天津出版传媒集团

百花文艺出版社

图书在版编目（ＣＩＰ）数据

生如稗草：网络文学导读 / 安迪斯晨风著. -- 天津：百花文艺出版社, 2022.10(2022.12 重印)
　　ISBN 978-7-5306-8243-2

　　Ⅰ.①生… Ⅱ.①安… Ⅲ.①网络文学-文学评论-中国 Ⅳ.①I207.999

中国版本图书馆 CIP 数据核字(2022)第 125779 号

生如稗草:网络文学导读

SHENG RU BAICAO:WANGLUO WENXUE DAODU

安迪斯晨风　著

出 版 人：薛印胜
选题策划：唐冠群　　责任编辑：安子宁
美术编辑：郭亚红　　装帧设计：王　烨
出版发行：百花文艺出版社
地址：天津市和平区西康路 35 号　邮编：300051
电话传真：+86-22-23332651（发行部）
　　　　　+86-22-23332656（总编室）
　　　　　+86-22-23332478（邮购部）
网址：http://www.baihuawenyi.com
印刷：天津新华印务有限公司
开本：880 毫米×1230 毫米　1/32
字数：152 千字
印张：7.625
版次：2022 年 10 月第 1 版
印次：2022 年 12 月第 2 次印刷
定价：48.00元

如有印装质量问题,请与天津新华印务有限公司联系调换
地址：天津东丽开发区五经路 23 号
电话：(022)58160306　邮编：300300

目录

CONTENTS

1

自序：

像稗草一样野蛮生长

水稻田里经常会长出一种名为"稗草"的杂草。它的叶子看起来跟水稻差不多，但是到了收获的季节，却只会结出一些空而瘪的穗子，籽粒非常细小，不能当粮食吃。

稗草生长在稻田里，每时每刻都在与水稻争夺成长所必需的阳光、水分和营养物质，而又对人类没有太多价值。所以我们非常讨厌这种杂草，想尽各种办法要把它们彻底清除。然而不管是刀耕火种时代还是后来发明的锄头、镰刀，乃至现代发明的各类除草剂，都没办法真正把稗草灭绝掉。我们稍不留神，从农田里、沼泽边、道路旁就会冒出一丛又一丛茁壮生长的稗草，在阳光下随风飘舞。

最早把稗草和"小说"联系到一起的，是《汉书》的作者班固，他在《汉书·艺文志》中讲："小说家者流，盖出于稗官。"所谓"稗官"，就是像稗草的籽粒一样又小又多的基层小官，换句话说就是"芝麻官"。他们和街巷、村庄里的老百姓们一起生活，没事的时候就会坐到一起摆一摆龙门阵，闲聊东家长西家短。要是能有一口酒喝，更可以聊一些天南海北的奇闻轶事。

当然，他们闲聊的八卦故事不一定都是亲眼所见的真事，聊的人很可能带着种种情绪，毕竟没有情绪的讲述是没有灵魂的。故事里面或是吹牛，或是吐槽，也可能是为了诋毁仇人，有时候有人还会瞎编一些神奇怪异的事情来取乐。小到不能再小的芝麻官们把这些街谈巷议记录下来，再由更高级别的官员呈报给朝廷，就成了最早的"小说"。

但班固讲的"小说"跟我们今天作为文学体裁之一的小说含义并不完全一样，因为它们并不是像水稻和小麦那样被农人栽培出来的粮食作物，而是野地里自然生长出来的杂草。尽管"稗"字最初是形容该类草细小如微尘，但却无意中切中了"小说"的要害：蛮荒野地中自由生长的、乡野田间的农夫喜欢看的、浸染了世俗气的凡间故事，才是最早意义上的"小说"。

我小时候跟姥姥在农村生活，听她讲了许多有意思的民间故事。我姥姥不识字，这些故事都是她从自己的姥姥、妈妈或是村里的邻居口中听来的，故事里有贪婪的盗贼，有幸运的书生，有吓人的女鬼和大灰狼，也有会说话的动物精灵。那些故事的文辞并不怎么优美，情节也不多么曲折动人，甚至连"善有善报，恶有恶报"的是非观念也不一定遵循。但在儿童时代的我心目中，这些烛光灯影里的故事像一串串流光溢彩的珍珠，给了每一个因为停电而没有动画片可看的夜晚以动人的想象。

民间故事最鲜明的特征，在于其所具有的传奇色彩。故事的主人公或故事的主体可以是我们现实中找不见踪迹的神仙、妖怪，可以是超越凡俗力量的神奇人物，也可以是巧合到诡异的事件——简而言之，日常生活中见不到的东西，在那些民间流传的故事里都有可能见到，而且会更受欢迎。

这些故事常常会以"从前，村子里有个人叫某某"起笔，以他的一系列奇遇为主线，而以"他从此过上了幸福的生活"为结尾。在没有抖音和快手，没有电视剧，也没有电子游戏，又只有极少数人才能读书的古代社会，那些能够带给人们愉悦和快感的传奇故事，便是老百姓平凡而沉重日子里最好的佐料。

这话也可以反过来说，正是因为古代平民的生活中缺乏像样的娱乐活动，生活的压力又太过于沉重，以至他们大脑当中负责"愉悦"和"快感"的模块都显得麻木失灵了。奇妙的幻想故事就像是在黑白老电影的寡淡画面中抹上了一丝彩色，让他们可以在一个平行世界里，追寻幻想的快乐。所以它们最重要的属性并不是道德说教，而是用来对大脑神经进行最为直接的刺激，甚至是刺痛。

不管是在我们中国还是欧洲，抑或是中东地区，都有许多从古到今口口相传的奇妙幻想故事在民间流传。这些被冠以"童话"的故事，内核往往并不像我们常见的那些童话那样光明和"健康"，恰恰相反，残忍暴力、庸俗下流、荒诞不经才是往往其底色和趣味。正如意大利作家伊塔洛·卡尔维诺（Italo Calvino 1923—1985）在编纂《意大利童话集》的时候所总结的："当童话还作为口头文学传统存在时，尚没有年龄的区别，一则童话只是一个奇迹故事，其中满是那个文化时期需要的粗俗的表达方式。"与原汁原味的《意大利童话集》相比，我们更加熟悉的《格林童话》读起来就要"舒适"许多，这是因为格林兄弟在编纂过程中对那些源自德国民间的中世纪故事进行了深入而彻底的改造，砍掉了许多残暴或是淫秽的段落，改换成了适合孩子读的内容。

尽管很多民间故事中也有着朴素而美好的民间哲学以及道德理想，比如好人历尽千辛万苦终于过上了好日子，坏人机关算尽最后还是难逃报应，王子和公主总会幸福地生活在一起，然而这并不代表民间故事要承担起"塑造受众道德观"，甚至是"寓教于乐"的重大责任。自始至终，民间故事最重要的目的都是娱乐身心，消遣时光。就像我姥姥给儿时的我讲故事，并不指望我从中学到什么做人的道理，而仅仅是为了让幼年的我不再吵闹,好好睡觉。她所倚靠的,就是传奇故事散发出的魔力,它们会轻易俘获孩子的注意力——或许这也是民间故事后来变成童话的原因。

很多人看不起粗俗、鄙陋的民间故事,认为它们像野蛮生长的稗草一样难登大雅之堂,但实际上"高雅"和"粗俗"往往只有一线之隔。今天被奉为经典的"四大名著",究其本源,有三部都来自历代说书艺人、话本作者以及演出人员的整理加工,最后再由某个或者一群文人修订补缺,再加艺术修饰而成——就好像野生的狗尾草被驯化成粟米一样。

喜欢听故事,是我们人类的天性。专门给普通人讲故事的通俗文学,像是野生的稗草,具有坚韧不拔、随遇而安的强悍生命力,不管在哪个时代,都可以从干旱的田野里生长出来,甚至从石头缝里拱出来。民国乱世中,依然诞生了平江不肖生、还珠楼主、王度庐等一大批武侠小说家,后来被反复诟病的"鸳鸯蝴蝶派"小说也是因为迎合了大量读者的阅读喜好和需求,才在报纸杂志上流行开来。即使到了"文化大革命"时期,当绝大多数通俗小说的写作、出版、销售都被迫陷入停滞的时候,人们依然会用两只手一支笔,在节约出来的纸上创作、抄录和阅读小说——当时的人们称之为"手抄本",像是地下党接头一样偷偷传播,其中盛放的便是那个灰暗年代里人们最后的愉悦和快感。

通俗小说的题材,从根子上说其实是同一套东西:穷书生花园幽会富家小姐,中状元天子赐婚;无辜小民被富豪恶霸欺辱,清官智断疑案,强项抗皇命;名将世家保国抗蛮夷,昏君奸臣陷害,忠良后代平反冤狱……都是些市井小民做梦才能梦到的,一辈子都不会有的刺激经历。它们与时代相结合,就变成了形式多变但是内核始终如一的通俗小说。二十世纪五六十年代之后,我国香港和台湾地区又诞生了武侠小说和言情小说两种煊赫一时的通俗小说类型。

在生物学上有一个概念叫"生态位",简单来说就是指一种生物在生态系统当中占据的位置。我们可以把这个概念引入到文化娱乐产业中来,最流行的通俗小说就始终占据着一个顶级的"生态位"。在唐朝,它叫唐传奇;在宋、元,它叫话本小说;在明朝,它叫《三国演义》《水浒传》《西游记》《金瓶梅》;在清朝,它叫《红楼梦》《聊斋志异》、三侠五义、包公案;在民国,它叫鸳鸯蝴蝶派、《蜀山奇侠传》;在中华人民共和国成立之初,它叫《林海雪原》《烈火金刚》《苦菜花》;在"文革"时期,它叫"手抄本";在二十世纪八十年代,它叫金庸、古龙、梁羽生;在九十年代,它叫《读者》《知音》《故事会》。而到了二十一世纪之初,这个生态位逐渐被新兴的网络小说所占据。

大约在二十年前,我刚上大学,正好赶上了那个"万类霜天竞自由"的网络文学初创期。那个时候在网上写文章的人,谁也没想到有一天能够赚到钱，就是喜欢写、喜欢给人看，版主加个精华，有人多给回帖就很高兴了。那个时候，很多人甚至不知道还有知识产权或者说版权这回事，看到别的论坛有好帖子，复制下来转到自己喜欢的论坛，标题加上"转载"就行，谁也不觉得这样做不对劲。

因为以网络为第一发布渠道，（早期的）网络文学作者们可以尽情去写自己想写的文字，只要写了就可以在 BBS 社区或是后来出现的文学网站上发布，不需要经过书报刊物的"三审三校"手续，更不需要经过思想导向审核，只要发布了就有可能获得千百万读者的喜爱。这种畅通无阻的便利感是当前网络时代的作者们无法想象的。正是这种相对宽松的文化环境，才催生了恣意无忌、天马行空的网络文学诸多流派。

我一直认为，网络文学的主流作品类型就是泛幻想类作品，包括玄幻小说、仙侠小说、奇幻小说、穿越小说等类型，主流文学中占据绝对统治地位的现实题材作品在网络文学中反而是少数派。这是由网络文学自身的特征决定的：大多数网络文学作品其写作目的都带有商业性质，是为了读者娱乐、消遣，从中获得快乐，并不刻意承载深刻的社会价值，所以它们往往不会有沉重、严肃的现实主义内核。

1997 年"榕树下"网站成立，以此为标志，网络文学已经走过了 20 多年的发展历程，它的形态、内容、呈现方式都已经有了天翻地覆的变化。现在"网络小说"早就分化出了许多个完全不一样的子领域。很多作品，在一个读者圈子里面红得发紫、热得发烫，数据爆表，但可能在另一种读者群体里面就非常冷僻，听都没听说过。只有像《诡秘之主》等少数作品，才能打破多个圈层，成为"现象级"神作，这显得十分珍贵。

尽管我一向自称"无书不读"，但网文的范畴毕竟太大了，有许多优秀作品我都未曾读过，或是读过之后没能写出评论。因此，我特意邀请了网文阅读量较大的评论者菜籽(原名蔡颖君)，从女性视角来解读 5 篇网络文学作品，并将这些评论放在了附录中，特此说明。

悟空传

《悟空传》：
向狂妄的少年时代致敬

现在从小就伴随着手机里面五光十色的 APP 长大的孩子们，可能已经很难相信，我们八〇后曾经在蹲厕所的时候只能看洗发水配方解闷。在 2000 年以前，没有 APP，没有智能手机，甚至没有电脑，孩子们能拥有的乐趣来源，除了平时嬉戏玩闹外，就只有电视机。

1986 年版《西游记》电视剧对我们八〇后这代孩子有极为特殊的意义，在那个年代，它把我们带到了一个绚烂的幻想世界中，让我们领略到无穷的风景。所以就像我们成长途中的金庸小说、周星驰电影、《灌篮高手》漫画一样，六小龄童扮演的孙大圣在我们心底留下了永不磨灭的印痕。三十多年后的今天，我只要一听见《西游戏》片头曲依然会激动得立刻想要打开电视机——按照心理学的说法，这可以称为"西游记情结"。

不过，待我年纪稍大一点儿，大概是刚上初中二年级的时候，就发现了《西游记》中有一个矛盾之处：大闹天宫时的孙悟空和西天取经时的孙悟空，其实是两个完全不同的角色。从灵台方寸山学艺归来之后的孙悟空，艺高人胆大，桀骜不驯、野性不改，在花果山称大王，篡改生死簿，还两次公开挑战天庭，所向披靡、威风凛凛。而后被如来佛祖收服，压在五行山下五百年，再出世的时候，尽管面对妖精依然会有一丝骄狂，这时候的孙悟空却几乎完全收敛起了自己的妄念，一心保护师父完成取经任务。

后来看了《水浒传》，我不免拿孙悟空和宋江两个角色来对比。孙悟空和宋江的人生轨迹其实很像，孙悟空不就是招安成功的宋江，宋江不就是成佛失败的孙悟空吗？但是电视剧中的宋江是猥琐、卑怯的，而取经路上的孙悟空依然是个顶天立地的大英雄。

我很早就觉得，这里面一定有问题。

特别是在读过小说原著之后，我发现电视剧已经对这一根深蒂固的矛盾做了相当程度的美化或曰柔和化。与剧中那个柔弱善良的美少年完全不同，书中的唐僧居然是一个人情练达、油腻圆滑的中年男人，对佛法的理解甚至还不如孙悟空，孙悟空足足半本书都在给唐僧讲佛法。这难免让我们这些把大闹天宫时的孙悟空当成人生偶像的中二少年心中生出不平：你可是无所不能、天下无敌的孙大圣啊！怎么能仅仅为修成一个狗屁"正果"，就老老实实地甘心给唐三藏这个废物当奴仆？反过来说，如果把那位兢兢业业斩妖除魔的取经路上好员工当成自己的偶像，也无法接受大闹天宫时期的孙悟空：哪一家洞府的妖精能有孙悟空自己更具破坏力呢？

要么是大闹天宫的孙悟空错了，要么是去西天取经的孙悟空错了,总有一个是错的。

其实,之所以会有这样的问题,是因为《西游记》的原著并不是像《红楼梦》那样,出自某一文人的原创,而是由某一个可能叫吴承恩也可能不叫这个名字的人收集、整理大量民间传说故事和戏剧话本之后,再改编而成的。大闹天宫的故事和西天取经降妖除魔的故事很可能并不是出于同一人之手,甚至可能不是同一时期、同一地域的传说,捏合到一起后,逻辑上出现漏洞也在所难免。

如果我们只是一个考据派,那么发现"真相如此",可能也就差不多放下这个执念了。但事情有趣就有趣在这里:正是这种逻辑漏洞,给我们现代人留足了解构和重新诠释的余地。诸多解构作品中,1995 年,香港喜剧明星周星驰领衔主演的电影《大话西游》系列对我们这代人的影响是最大的。影片中,五百年前的孙悟空因为受不了唐僧苍蝇一样的唠叨奋起反抗,却被观世音菩萨轻易捏死,转世投胎成为一名山贼"至尊宝"。女仙紫霞用"月光宝盒"穿越时空,阴差阳错之下爱上了至尊宝,却为保护后者死在了牛魔王手中,为了给紫霞报仇,至尊宝终于还是戴上了那宿命一般的金箍,忘记尘世前缘,跟随唐僧再次踏上取经之路。

因为过于超前、晦涩以及无厘头的后现代表达,《大话西游》刚刚上映时反响不佳,却意外在大陆刚刚兴起的互联网轰动一时,迅速成了当时最红的"爆款",就连电影中的台词也成了初代网民聊天必用的流行语,甚至直到现在,仍有人为之念念不忘。为什么会这样?可能是因为,它恰好切中了孙悟空这个人物的命脉:他曾经试图反抗,但最终还是屈服于沉重的命运。在至尊宝决定戴上金箍跟着唐僧去西天取经的时候,作为英雄的人格就已经死去了,活着的只是行尸走肉般的躯壳。

就像片尾夕阳西斜下,人生圆满无憾的武士说的那句:"你看那个人,好像一条狗啊。"

此后不久,一个网名叫"今何在"的年轻人在新浪"金庸客栈"BBS上,写出了后来被认为是大陆网络长篇小说开山之作的《悟空传》。

我们很容易就可以看出来,《大话西游》是《悟空传》的灵感来源之一。今何在笔下的孙悟空同样是一个反抗命运的悲剧英雄,同样深爱着一个名叫紫霞的仙女。但是与《大话西游》相比,《悟空传》有三点不同,也正是这三点不同,让它打动了我们这代当时正年轻的八〇后一代人。

其一,《大话西游》中的至尊宝反抗的是虚无缥缈的命运本身,而《悟空传》中的孙悟空反抗的则是操纵命运的满天神佛。至尊宝想要的仅仅是不去取经的自由,而孙悟空想要的,除了自由之外,还有自身价值被人认可、自身利益不受侵犯、自身才华得以施展——更重要的是,把命运真正握在自己手中。

比之《西游记》,《悟空传》将"命运"具象化,把向往自由的年轻人和代表威权的神佛之间更加血淋淋的矛盾冲突呈现给读者:在道貌岸然的神佛眼里,不受他们操纵的就是"妖",既然是妖,就要被赶尽杀绝。小说中孙悟空代表千百万年轻人发出了惊天一问:"神不贪,为何容不得一点儿对其不敬,神不恶,为何要将地上千万生灵命运,握于手中?"这是对强权堂堂正正发出的怒吼,就如当头棒喝,没有一个第一次看到这句话的年轻人不受震撼,从而深深迷恋上这部横空出世的作品。

其二,《大话西游》中的故事核心人物仅仅是至尊宝(孙悟空)和紫霞仙子二人,而在《悟空传》中,反抗神佛的是一群人。孙悟空和紫霞、玄奘(金蝉子)和小白龙、天蓬(猪八戒)和阿月、阿瑶等"小妖精",甚至就连沙和尚这个被天庭派来监视他们的"卧底",都在控诉命运不公。他们有着不同的目的、不同的身份,反抗的理由不尽相同,就像年轻人群体中每个人的理想和诉求也不尽相同。但他们一样有着对受他人操控的不平、对掌握人生的渴望,以及那青春张扬的狂妄。

其三,《大话西游》中的语言虽然带有周星驰特有的"无厘头"风格,剧情也十分飞扬跳脱,但是叙事手法依然算得上中规中矩。《悟空传》则大为不然,它借鉴了西方文学"意识流"式的写法,注重描写人的心理或主观意识。同时,由于今何在是在网络上即兴写作,故事情节天马行空、随心所欲,呈现出一种碎片化特征,以至阅读起来会略显晦涩沉重,带有明显的先锋实验色彩。但恰恰是这种从"我"出发的思考角度,这种随心所欲随性而动的飘逸挥洒,恰好切合了同样年轻的读者的心理。我们同样迷茫、同样愤怒、同样惶惑、同样不安,《悟空传》是张扬肆意的怒骂与叛逆,是对"正道"的反抗,而我们,也恰好正想看到这样的怒骂与叛逆,正想看到这样的反抗。

在那个"中二病"流行,甚至一度侵染主流文化的时代,《悟空传》成了打动无数人的"网文经典"。今何在凭借这本书一跃成为炙手可热的畅销书作家。

更令人唏嘘的是，二十年后的今天，最认同《悟空传》所代表的自由、反抗、蔑视权威精神的人，依然是八〇后这代读者，这从该书豆瓣平均分逐年走低就可以窥见一二。到底是年轻人变得越来越保守了，还是以前被《悟空传》打动过的人已经被磨平了棱角？我不得而知。但是，即便已经过去了这么多年，即便如今回想起当年的自己都恨不得脚趾抓地抠出三室一厅，但初读《悟空传》时那种热血沸腾的感受，却仍然不受控制地盘桓在我的脑海中。玄奘那句看来中二，那时却振聋发聩使人热泪盈眶的宣言："我要这天，再遮不住我眼；要这地，再埋不了我心；要这众生，都明白我意；要那诸佛，都烟消云散！"也仍然保留着一丝震撼我的力量。

此间的少年

《此间的少年》:
同人文化的滥觞

　　1996年，新浪的前身四通利方出了一个新的BBS板块，叫"金庸客栈"。在早期荒凉的互联网文学圈里，它迅速成为众多文人骚客的最爱，一直到十多年后还热热闹闹。那个时代在金庸客栈出没的七〇后、八〇前网友们，后来有很多都变成了各界大神。那些网龄超过20年，曾经自己在网上写过小说，并且喜欢读幻想小说的老一代网友，可能都有金庸客栈的经历。

　　为什么是金庸成了那一代人的接头暗号？其中当然有深刻的文化背景，比如说改革开放近二十年培养了大量的港台文化粉丝，比如说金庸武侠剧从黄日华版《射雕英雄传》以来在大陆热播不断，比如说那个时代大陆生产的文化产品竞争力不足，以至当时最流行的小说，还是几十年前的港台武侠小说。

　　武侠小说本身其实是一个"不大"的题材，因为"武"是有界限的，低武的武侠世界会变成《水浒传》式的黑道打架，高武则不免变成《封神演义》式的神魔仙话。但是从二十世纪五十年代以来，连续出现了梁羽生、金庸、古龙以及柳残阳、卧龙生、萧逸等武侠小说作家，在相当长一段时间里武侠小说成为大陆读者的主流娱乐文化，占据了中小学附近租书店的大部分位置。

金庸又是鹤立鸡群的一位。他不但从传统文化中汲取了大量的营养，更从西方文学界——特别是西方侦探小说中学到了复杂多变的写作技巧和悬念营造手法，所谓学贯中西，又推陈出新、融会贯通，创出了一门博大精深而又极美的武侠小说写法，营造出一个亦真亦幻，让人着迷的武侠世界。可以这么说，我们这代八〇前读者，只要是喜欢看书，就不太可能错过金庸小说。只要喜欢金庸小说，就一定会找到客栈来讨论，讨论时间长了一定不会局限在金庸小说里面，于是最早的一批大陆网络文学作者就慢慢从中诞生——江南就是其中最具代表性的一位。

《此间的少年》不是江南的出道作品，但却是他成名的开端。这本小说很短，只有十一万字，一个下午就能看完，传说中的第二部因为江南搞"九州"去了而一直难产。他化用金庸小说里的人物名字作为角色名，写郭靖、黄蓉、杨康、令狐冲、乔峰等人在"汴京大学"里的故事和生活，将英雄大侠们化作普通学生的一员，写他们打水、上课、煮泡面、图书馆占座的故事，仿佛一个个天上的星辰来到了我们身边，对我们那代人的吸引力可想而知。

那个年代，"同人"的概念刚刚出现，江南当然也不会想到，他写的书在很多年以后会成为国内图书畅销榜的常客，也会因为《此间的少年》侵犯知识产权被耄耋之年的偶像金庸告上法庭。

以今天的眼光回头再看,《此间的少年》的故事其实很简单,归根到底也只是江南对学校生活的追忆和留恋。如果不是顶着金庸笔下人物角色的名字,多半不会有这样的影响力。但是江南最大的本领是他细腻的笔触和情感描写,尽管书中那些熟悉的名字和原著中毫不相干,但他们的性格和人生轨迹却又微妙地相似,让人感觉如果书中人物来到了现代,确确实实就会是书中那种样子,这就带给了读者可堪咀嚼的余地。

本书与现如今的诸多校园题材网文、校园题材同人作品最大的不同之处就是《此间的少年》中并没有太多"甜蜜",反而充满了遗憾的酸涩。因"自行车撞人事件"而开启恋爱之旅的郭靖黄蓉大概是全书最没有遗憾的一对,但在他们之外,无论是乔峰康敏的错过、杨康穆念慈的分开,还是令狐冲的郁郁不得志、所有因"毕业""离开"和"分别"而浸透纸张的迷茫和惆怅,都是每个人的青春里都会有的酸涩和遗憾。年轻人在这样的变化中往往不知所措,只能被动承受,却仍然会在某一个时刻感受到难言的、从心底里生出的痛苦和空洞。或许许多年以后,当昔日意气风发的学霸才子变成了辅导员朱聪,他会知道这些学生时代吃过的小苦头都不算什么,这时候在意的以后不过是轻松的饭后闲谈。可是,在那个所有人都意气风发、真的以为自己能创造未来的时间里,苦涩是确实存在的,痛苦也是确实存在的。

或许这才是《此间的少年》真正能够引起读者共鸣的原

因。英武的侠客变成了学生,盖世的英雄变成了校霸,江湖里的风云人物依然是学校里的风云人物,但除此之外,他们所会有的心思和怅惘,也是普通读者所会有的。并非英雄豪侠才会气短,并非学生会主席才会追忆不可追的过往,并非生物竞赛第一名获奖者才会发现自己的错过,也并非只有昔日学霸变成辅导员才能劝解学生。汴京大学是象牙塔中的象牙塔,但走出校门面对另一个世界时的惶恐、对未知的迷茫,也绝不只是天之骄子们所独有的。

我深信不疑的一点是,江南在创作《此间的少年》时,他的心态比起以后创作《九州缥缈录》《上海堡垒》《荆棘王座》时要更真诚,更不用说后来已经完全是商业作品的《龙族》等。或许世界上的事情就是这样有趣:在日后红遍中国、登上作家富豪榜的江南,在他二十二岁时,还不能知道自己以后会创下怎样一番天地,他只是真诚地想要写下一点文字,去纪念自己已经无可避免地从指缝间流走的青春。这份真诚打动了万千正在经历青春、正在追忆青春的读者,于是江南一炮而红,从一个生化专业的学生改行成为作家,直到他再也写不出这样的文字。

江南在十周年典藏版的序里说,"学弟学妹们因真正的北大并非书中的汴大而不满,幸好他们并未因此而后悔上北大",这句话也隐隐投射出另一番意味:北京大学也好,汴京大学也罢,里面的学生和"双非"本科生——甚至仅仅只是同样在学校里的同龄人——在抛开成绩差异之后,差别也不是那么大。

大学时代,确切说是从大一到大三上学期,是很多人一生中最放纵,最欢喜的时候,中学时代的紧张尽去,挣钱养家的压力未至,"不知有汉,无论魏晋"。然而有些人对自己学生时代的注脚是爱情,有些人是学业,不胜枚举。

而对于愤青令狐冲而言,自己痛骂了两年的独孤求败,才是汴大生活里那个不变的注脚。愤青令狐冲看不惯汴大的种种官僚做派,每天大骂汴大校长独孤求败。然而直到东方不败上任,他还是在大骂汴大,即便东方不败在令狐冲上大三的时候就已经上任了。"在令狐冲的心目中,独孤求败是汴大唯一的校长。"

与书中的爱情桥段相比,这种惊鸿一瞥的青年心理独白,更能刺痛我的心。

为什么有那么多讴歌青春的著作,或许那是因为,人活一世数十年,在这数十年间无常并且肯定的变化当中,"青春"的确是唯一每个人都曾拥有过的时间。或是埋头于书山题海,或是与喜欢的同窗在操场上漫步,或是与朋友打打闹闹……书中的青春校园故事时常伴随着美妙的恋情,但那并非大多数学生的经历,甚至可能许多学生都未曾想过"青春"有什么意义——但在踏入社会前的一刹那,的确会蓦然发现原来青春真的曾经存在,即便它与被传颂的故事相比是那样苍白,但那也是你有过,而现在正从你指间流走、不会重来的青春。

人生总是错过,而青春是许多人第一次发现自己原来错过了这么多,甚至在它的尾声才发现了自己错过的时候。而到了这个时候,人们往往才后知后觉地回首,想要追忆自己的青春时光。

《此间的少年》也是给这样的人看的。一晃二十年过去,它从追忆青春的产物,变成了许多人关于青春的回忆,仿佛它本身就是一个对于青春、对于那些我们无可挽回的过去的注脚。十周年版的《此间的少年》出版物上江南写了题词:"青春是一场永志的劫数,谨以此献祭于这场终将失去的美。"说实话,我觉得这话有点儿酸了,甚至猜想这大概是 2011 年的江南写下的话。青春并不是一场劫数,也不见得真的有多美。它之所以被视作劫数,被看作美丽的时光,实际上或许只是因为它的必然逝去,以及不可追。

亵渎

《亵渎》：
主角可以"恶贯满盈"吗？

主角是主角,作者是作者,主角的三观不等于是作者的三观。哪怕是那种第一人称视角写作的小说(如鲁迅先生的《孔乙己》),故事里出现的视角人物"我",也并不等同于作者本人。

这番道理对于传统小说读者来说,本来不难理解。即使是在前网络时代的通俗小说中也不鲜见,金庸先生的《射雕英雄传》主角郭靖是个爱国爱民的大英雄,《笑傲江湖》主角令狐冲变成了洒脱的江湖浪子,而到《鹿鼎记》,主角韦小宝又成了贪财好色的小痞子。金庸先生自然不可能分身成这么多人物。

但是对大多数网文来说,读者的阅读快感很大程度上就来自代入主角的"爽感",特别是那些主角穿越到"异界"争霸的网络小说,"代入感"更是其安身立命的本钱。这样一来,读者必然要给小说主角设下很多行为红线。特别是读网络小说长大的年轻一代读者,既容忍不了主角失败,也容忍不了主角犯错,甚至有一点儿性格缺陷,都要被举着"三观不正"的放大镜的人指指点点。

以现在对主角三观之苛刻，回头再看烟雨江南在 2004 年写完的《亵渎》，一定会惊呼一声：网络小说竟然还能这么写？

故事发生在奇幻世界里，主角罗格是一个阴险狡诈、卑鄙无耻、无恶不作的胖子。他本来只是一个小贵族，无意中获得了死灵法师罗德里格斯的传承（最重要的遗产，是一个后来成长为女主角的骷髅"风月"），又为了拯救自己深爱的魔族公主被教会通缉。他在流亡中一步步成长为枭雄级的大人物，窃国封侯，并得知了"天界"的大秘密，最终和整个世界一同毁灭于"最终审判"。

作者毫不吝啬于表现罗格近乎病态的恶，一开场就让他强奸了一位路过的女佣兵。在他的成长过程中，杀人放火、奸淫掳掠，无恶不作，侮辱与损害的人（或智慧生物）不计其数。银龙一家因为他妻离子散，精灵情侣被他棒打鸳鸯，政治斗争中的坑蒙拐骗、争权夺利就更不必说了。善良的读者在阅读本书过程中，一定会经常被罗格的暴行激怒。

即便是在那个还不流行鉴定作者"三观不正"的年代，这种写法也足够大胆。因为在此之前，这种坏到流脓的角色肯定有人写过，但无论如何也当不了主角。人们见过最坏的小说主角无非就是韦小宝。但韦小宝使坏主要是针对吴三桂、神龙教主、郑克爽之类的反派，对好人作恶的强奸戏又无法明写，所以看在读者眼里，不但不觉得他有多恶，反而还觉得可爱。

另外一个大众耳熟能详的"坏人"是《三国演义》中的曹操。但无论是小说还是改编的电视剧，都强调了这位历史上的奸雄雄才伟略又具有真性情的一面,他被骂最多的"不忠"对现代人来说不是什么大黑点,真正能够触动现代人心扉的曹操恶行如屠徐州反倒没怎么提。所以易中天教授称之为"可爱的奸雄"。

罗格身上集合了韦小宝和曹操两个人的恶,并且还要变本加厉添上十倍,因为作者始终以其为第一视角人物,连他作恶时候的心理状态也描绘得淋漓尽致,这就更激起了读者的敌忾之心。

当然书中的罗格在性格上并非没有闪光点,比如说他明明最怕死,但当深爱的魔族公主被捕的时候,他又敢冒着生命危险去营救;他明明最怕受辱,但是当自己深爱的风月被教会抓住的时候,他又只能卑躬屈膝去给教皇当狗。

为什么作者要塑造这么一个主角呢?我的理解,一半是为了反常规、反套路,作者并不是不会写光彩照人的常规善良主角,他后来写的《尘缘》《狩魔手记》即是证明。但是写得再好,也很难脱出金庸、古龙、黄易诸大师的范畴,男主角写得忠厚一点就像郭靖,写得霸气一点儿就像萧峰,写得潇洒一点儿就像令狐冲,甚至哪怕是写一个恣意花丛的浪子,也会像楚留香、陆小凤。要打破常规,就需要写一个以前没出现过的主角类型,毕竟当时网络文学日渐活跃,出奇才有机会制胜,罗格是烟雨江南的一次尝试。

另一半则是小说本身的需要。这是一个充满绝望的奇幻世界。主角生活的世界(或叫"位面")实际上是天界众神收割"信仰之力"的牧场,培养一代代只知信仰的"顺民",收割完之后就会沦为只剩下死灵的"遗弃之地"。洞悉这个秘密并舍身反抗众神的人不多,只有死灵法师罗德里格斯、精灵长老修斯乃至神秘的老教皇等寥寥数人,获得了传承的罗格也是其中之一。实际上,罗格对众神的反抗,也是故事最重要的主线。小说设定之中,人与神的力量差距之大不啻于蝼蚁与人的差距,即便罗格等人机关算尽成了位面最强者,但看在神灵眼里,也不过就是较大一点的蝼蚁而已,挥挥手就能灭掉。小说结尾处,当整个位面被众神毁灭的时候,罗格也只能躲进次位面眼睁睁看着,无能为力。

在这个故事中,罗格是一个恶贯满盈的坏人,也是一个充满悲剧感的叛逆者、反抗者。他的底线非常非常低,但也不能说没有——就像他自己说的:"老子虽然贪财好色,但有些东西是不卖的!"那么,到底什么不能卖?大概就是作为人的自由。他什么都能接受,唯独不能接受的是成为众神信仰之火的燃料。

网络文学初期的作者们,似乎都很喜欢写主角对自由精神的追求。其中最著名的自然是《悟空传》,但悟空传的主角多少还有点像传统小说中的正常人,《亵渎》则是更进一步,让"追求自由"成为一个没什么底线的主角最后的底线。

如果读者追问:"追求自由就可以杀人放火、奸淫掳掠吗?"作者肯定会回答,不可以。但这毕竟是写小说,作者烟雨江南(注意,他和《此间的少年》作者江南不是同一个人)也并不是要让读者都去当罗格,而是指出世界上有这么一种人,他在小说设定的奇幻背景中,至少是可以自圆其说的。但不管怎样,十多年后的今天再去看,或多或少会有一点儿恍若隔世。

明明是一个让人恨得牙根发痒的恶棍,但是在主角的笔下,罗格却可以让善良的读者代入这个角色。有时候我甚至会怀疑我对《亵渎》的热爱,难道是因为它宣泄了我藏在内心深处的暴虐欲望?如果不是的话,那就只能怪作者的笔力太强,让人不知不觉间接受了这个恶棍主角。

烟雨江南确实很擅长写人物群像,《亵渎》中出场人物特别多,但大多数配角都有血有肉,绝不脸谱化。黄金狮子奥菲罗克、小妖精芙蕾娅、老狐狸修斯等角色塑造得更堪称光彩照人,那个胆小又贪婪的骨龙格里高利,更是至今还为人津津乐道。另一项被人津津乐道的则是《亵渎》的世界观架构,虽然参考了"龙与地下城",但也有许多独出机杼的地方,有不少设定(如骑士的"斗气"、教皇的"大预言术")对后世影响极大。

2006 年 6 月,《亵渎》完本。彼时,17K 中文网正在重金招募作者,而烟雨江南正是该网站招揽的大神之一。他的新书是仙侠题材的《尘缘》,作为一本转型之作,该书写得极为出色,完全感受不到《亵渎》的影子。如果说烟雨江南走的是金庸一路,那么《尘缘》可以说是得其神韵。一方面是儿女情长,一方面是家国天下、仙凡神魔,作者极好地把握住了二者之间的平衡点,让整本书既瑰丽奇伟,又厚重凝练。我一直觉得网络小说的巅峰出现在 2008 年左右,而《尘缘》无疑是站在巅峰上俯瞰众生的作品之一。

然而《尘缘》的销售成绩不算太好。一方面是因为当时17K 这个网站本身很快就被边缘化了,另一方面恐怕也因为烟雨江南在开头和读者们开的那个玩笑有关系。当然,最可能的原因还在于时代变了。从那时起,已经不再流行字斟句酌的美妙文笔和曲折生动的故事情节,取而代之的硬指标是更新速度。不管你写得多好看,一天不能更新三章或者以上,就没有人气。《尘缘》这本书有129万字,足足写了3年。这时间已经足够现在的一些新兴的大神写1000万字了。

后来烟雨江南又去写了作为《亵渎》前传的《罪恶之城》,但是除了一头一尾之外,文笔越写越差,干巴巴的,缺乏灵气,终于泯然众人矣。

隋唐三部曲

"隋唐三部曲"：
酒徒笔下的历史兴衰

  酒徒出道很早，他的《明》写于2004年，是网络历史穿越小说鼻祖级的作品，和他同一时期的同类作者大多销声匿迹，大概也唯有他一直笔耕不辍。这十多年来，网文的出版环境、受众甚至接收装置都变化了许多，酒徒也已经出到了自己的第13本书——《盛唐日月》，但是酒徒文笔出色、流畅感人、热血奋进的个人风格却一直保持了下来。他的写作风格，其实更接近于实体书籍，而非网络作品。在如今这个网络写作越发显得功利的时代，酒徒能在保持了更新速度的前提下，让自己的作品保持了一贯的高水准，这是十分难得的。

  而在酒徒的作品中，我最喜欢的莫过于"隋唐三部曲"，特别是《家园》。我看过的网文的确不少，而在我看过的这么多网络小说中，它是最"不像"网络小说的。显然，酒徒从正统文学的写作中汲取了不少养料，再加上主角李旭既非穿越人士，又非神魔附体的身份，以及基本贴合原有历史的故事走向，让这本书散发着一种厚重的历史馨香，甚至除了与主角有关的事迹外,大多数事情都能在史书上找到描写。我看这本书的时候恰好在啃《资治通鉴》,看到隋炀帝一征辽东时麦铁杖死的情节跟小说中几无二致时,一种震撼感油然而生。有人说这本书的虚构成分绝不比《射雕英雄传》多,此言不虚,而我也确实从小说中获得了不亚于读金庸小说的快感。

我们看历史背景的网文,特别是男作者写男主视角的网文,基本上宗旨就一个:升职加薪,建功立业,走上人生巅峰。因为这样的宗旨,许多历史向网文都会将背景设定在一个摇摇欲坠、烽烟四起的乱世之中,而《家园》所选择的正是隋唐之际的乱世。

隋唐之际或许是除了三国之外,我们最熟悉的一个乱世。唐朝是中国有史以来最繁华的盛世,《说唐》是许多人传奇故事的启蒙,《隋唐英雄传》曾在电视上吸引了无数孩子。秦琼、尉迟恭、程咬金、李元霸,都是多少人少年时梦里的英雄好汉,瓦岗寨和各路义军的故事虽然已经渐渐变得面目模糊,但那个"隋炀不义,群雄并起"的时代,以及后面随之而来的盛世,都曾经让我们心动神摇、十分向往。

但将背景选在隋唐乱世的《家园》的宗旨,却并非如此地让人心潮澎湃、热血沸腾。

以往我们看《说唐》也好,听评书也好,会发现它们总是把乱世描写得英雄辈出,让人胸怀激荡。但《家园》在一开始就告诉我们,乱世里固然出英雄,但受苦受罪的却是普通老百姓。酒徒在小说开头的时候一反往常大开大阖的笔锋,写得质朴细致而又真实可信,让人以为他要改投"山药蛋派"门下;到后来主角去了草原,《家园》才逐渐恢复成了那种熟悉的热血煽情文风。不过显然,这是因为酒徒在有意约束自己,让自己写得更加质朴厚重一些——让自己的文风,更能在表达上贴近自己想要传达的意味。

《家园》起始于塞下曲中的世外桃源,但随之而来的,却仍然是一条浸满鲜血的征伐之路。主角李旭离开塞外之后,投身于垄右李家麾下,从一个运粮军里的低级军官做起,五年里东奔西走,征战无数,让李旭的威名扬于天下。这个乱世当然英雄辈出,当然壮怀激烈,然而与战争并存的,永远是底层百姓的血泪与痛苦。随着情节的发展,作者的笔端不时触及社会底层民众在那个战乱频仍、盗贼蜂起的世界里的无望与苦难。直到作为李旭恩师的张须陀老将军出场,“武将的职责是守护”一言掷地有声、振聋发聩——我们不由得反思,那些评书里让人高声叫好的绿林豪杰、英雄好汉,他们在各自的英雄气概下,到底为民众做了什么呢?

或许正是出于这种思考,作者酒徒特地塑造了“李旭”这么一个形象。《家园》的主角李旭的原型应该是参考了传说中的虬髯客、李靖以及唐朝开国宗室名将李孝恭,甚至还杂糅了一些李世民的经历。当这些人的英雄行为融合到了一起,而又没有了阴暗面,“李旭”这个虚构的人物就显得十分可爱。当然,历史上也确实不太可能有李旭这种心思单纯仁厚而又十分善战、天下无敌的人物。“兵贵不杀而非杀”,出身卑微的李旭即便后来升至国公的高位,也依然记得自己曾是普通民众的一员,仍然记得他们的苦难就是自己的苦难,他们的家园就是自己的家园。

　　然而,李旭的所作所为,和隋唐乱世的大背景,实际上是背道而驰的,和这个角色的经历也是背道而驰的。我们可以看见,李旭一路走来,早已从当年那个稚嫩少年成长为镇压一方的栋梁,然而他的内心,仍然对这个乱世充满了迷惑与纠结。他的热忱和慷慨只靠战争来塑造,仿佛这个角色的全部意义都在于求索:他试图在这个乱世中寻找到一个答案,但这个走向完全符合历史的故事又注定无法为他奉上一道金科玉律。他曾经试图守护天下,守护这个原本的王朝,但隋朝终究灭亡,唐朝注定建立;他又试图守护自己的领地、自己的家园,但最终他仍然一无所有。到了最终,李旭发现他除了身边寥寥几个兄弟和亲人,唯一守得住的,也只剩下心中的坚持了。

　　可以说,与其说这是一本乱世争霸文,不如说是酒徒一次任性的尝试。李旭不仅是一个角色,更是作者意念的化身,他的迷茫和近乎宋襄公的仁慈,也是作者的迷茫与仁慈。许多人都觉得这个故事烂尾了,作者甚至神奇地写出了三个结尾供读者选择,但我觉得,这或许是因为作者酒徒也在迷茫,也没有答案——因为“守护天下苍生、守护所有人的家园”,在现实的乱世之中,本来就是一件无法实现的逆天之举。

　　但是,即便如此,酒徒仍然坚持表达了自己的理念:不能因为守护的意义不清就不去做,也不能因为天下大乱就认为自己也能理所当然地视他人如无物。酒徒在《家园》中不穿越、不架空、不改动历史的写法,本就为主角李旭准备了一条死路,然而当这条死路贯彻到底,明知不可为而为之,那么,这也正成就了另一种传奇。

当然，再任性的作者也不可能将整个故事写成一个人的故事，不如说恰恰相反，酒徒在用"李旭"这个角色来践行自己的想法、代替自己走入死路之外，书中其余诸多角色的设计也同样出于酒徒个人的意志。他写出了在正史里默默无闻却在李旭心中种下种子的张须陀，更写出了和我们认知中的形象完全不同的李渊父子和隋炀帝杨广。特别是隋炀帝，作者将自己带入到隋炀帝的角度去看问题，让他的那些暴虐行为找到了一些道义上的解释，也总比把一切作为都归罪为他本人道德品质的指责更为可信。但另一方面，李渊和李世民父子从开头的正面到后面的反面，也像是"为了解构而解构"，180度的弯转得实在太急。或许，这也只是为了增强李旭心中的迷茫而做的设计。

如果说《家园》是夹杂着虐和爽的话，那么三部曲的第二部《开国功贼》就是以虐心为主了。实际上这本书可以视为《家园》的外传，故事背景跟《家园》一样设定在隋末唐初。主角程名振(即《家园》中露过一面的窦建德麾下的那个县令)是一个正史有载但早期经历比较神秘的人物(甚至连《说唐》里面都未提到一笔)，所以本书很大程度上也是架空背景。与《家园》相比，这本书写得更加婉转细腻，主角的内心也更加纠结。和李旭那种天之骄子般的人物经历和天才般的带兵才能不同，程名振是一个略显普通的年轻人，但是他和李旭一样，也有着一颗晶莹剔透的赤子之心。无论是被裹挟参加张金称的义军，还是归入窦建德麾下作为县令保境安民，乃至后来投奔大唐征讨高句丽,程名振留给世人的,始终有,也唯有这一颗赤子之心。

与前两部不同,三部曲的第三部《盛唐烟云》所描写的时代一下子来到了百年之后的唐玄宗天宝年间。那是中国历史上最富有、最强大、最安全的时代,那也是由极盛转为衰败的转折年代。因此,这是一个王朝由盛到衰、一个少年由青涩到成熟的故事,书中种种流光溢彩、繁盛华美,仿佛要跃出纸面来到人间,在无数读者心中留下一个大唐的影子,瑰丽繁华到不可方物,让人不忍亵渎。然而越是繁盛,我们越是焦灼,因为我们都早已知道,在故事的最后,这一切都被那个胖大的胡儿蹂躏到粉碎了。

从大唐开元、天宝盛世写到安史之乱,盛世崩塌,风流云散,酒徒将李隆基、李林甫、杨国忠、边令诚、安禄山等导致唐朝摇摇欲坠的千古罪人写得入木三分,同时刻画出高仙芝、封常清、张巡等可歌可泣的英雄人物。李白、公孙大娘、高力士等历史人物依次登场,令人目不暇接。当然,这其中也包括主角。酒徒用荣耀和光辉点燃激情,沸腾热血,让无数读者随之心情高亢激昂,悲怆的心中敲起激烈的鼓声,轰鸣的马蹄声伴着亦将赴死的沉默和执着。

这就是英雄。

临高启明

《临高启明》：
最真实的穿越教科书

　　"穿越"在我国的网络文学史上有着极其重要的地位,甚至以它为设定的网文几乎就要占去半壁江山。有着如此庞大的基数,它所拥有的精品自然也层出不穷——然而,有这样一本或许不是最出名的佳作,它可能并不是最好看的,也不是最深刻的,甚至可能许多人都不会喜欢它,但它绝对无可置疑地在中国网文史上占据着重要的地位,甚至几乎可称是一部空前绝后的奇书——这本书,就是《临高启明》。

　　二十一世纪的某个小人物无意中发现了一个通往1628年(明朝末年)的时空隧道。他从网络上征集到了五百余名同伴后,携带着采购到的大量现代物资从这个隧道里"穿越"到了近四百年前的海南岛上。在这个世界里,这些"穿越者"利用自己的知识技能以及携带的原料设备,重新开始"复原"工业化文明。同时他们也不可避免地接触到了原本在这个时代里生存的"土著"们,并且与之发生了一系列冲突。穿越者们在通过科学技术改变大自然的同时,也改变了明代末年那些"土著"们的生活与命运……

"历史穿越"在我国网络小说中是一个热门母题，一群人组团群体穿越到古代去也不是《临高启明》的首创。那么，我们凭什么说这本书"空前绝后"，是一本重要的"奇书"？这缘于它的创作背景——这是一本群策群力、有无数个作者、无数个"主角"，甚至无数条"主线"的小说！

《临高启明》一书最早的创意来源于 2008 年左右"上班族论坛"上的一个讨论："如果穿越到了明代末年，你的专业能干点什么？"

在这个讨论底下，版友们开始设想自己穿越后可以做哪些事情、如何与他人合作共建文明。这些设想来源于不同的许许多多个体，于是就有着不同的观察视角和处事方式。《临高启明》正是以这些设想为蓝本来搭建故事框架，甚至让这一位位提供了各种资料的版友成了书中的角色。龙套众在论坛上的每一个提议、每一种思路都可能被用到小说中去，这让《临高启明》成了一本真正意义上"群策群力"的小说：这个故事里面的五百名穿越者，实际上都是现实中有着相关知识有血有肉的人，而这些人在交流中所提出的意见，也的的确确在左右着这本书的进程！

在这多位角色之中，作者不停变换视角，对穿越集团各部门、多工种进行"巡礼式展示"，写出了一幅明末工业化建设大气磅礴的场景。在网络小说读者圈子里，《临高启明》一书被戏称为"穿越说明书"，这一说法并不夸张。从小说的角度说，这并不是一部具有悬念的小说，甚至它的剧情推进一目了然——那就是以海南岛为立足点，逐渐发展属于穿越众的庞大国度，与这个历史上的十七世纪产生各种碰撞，甚至最后"车翻"这个世界。这个故事吸引读者读下去的深层原因，其实是它基于近现代科技发展历史的文明建设过程和社会改造。

这个故事把近代工业社会的建设分解成了一个个相互独立又相互依存的单元，诸如钢铁工业、化学工业、机械工业、建筑工业、医药工业以及现代农业等等，每一个工业部门中又有着让我们普通读者闻所未闻，只有行内人才略知一二的秘辛。这种严谨细致的创作态度和专业方面的考究不仅仅体现在科技方面的细节上，更体现在历史与社会方面。大到明代末年广州城的城门朝向，小到当地县志记载中的临高县令、县丞的姓名，都力求和当时的真实历史相符。没有专业的知识，完全成就不了这本小说，而这些专业上的知识，竟然有着五百余种之多——我们在网络上所熟知的许多红人，都曾为这本"奇书"出过一份力，这在网文史上绝对前所未有——集合五百人的力量与知识，去创造一本小说、一个世界！

"落后就要挨打""科技是第一生产力""生产力决定生产关系，生产关系对生产力具有能动的反作用"，这几句话，是前人用无数血泪总结的残酷事实，也是不能忘记的历史。

在某种程度上，这或许是属于中国所特有的一种情感：正因我国曾因闭关锁国和工业落后而付出了惨痛的代价，因此对"工业"的迷恋和推崇，几乎要刻在国人的思维基底之上，并在网络上发展出了所谓"工业党"这样一个群体。《临高启明》的"穿越五百众"，恰好几乎都是这种推崇工业和生产力的"工业党"，因此这个故事的主角群体对于科技、工程、机器以及工程师亦十分偏爱。他们相信，只有科学技术才是第一生产力，只有掌握了工业的力量，才能改变这个世界。用人类的理性和力量，制造无比庞大复杂的机器，发出天地无双的雄壮咆哮，创造无限庞大的力量，改造无垠的世界和宇宙，改变无数个人与国家的命运。这就是工业的情怀。这，就是他们眼中终极的壮美。

为了建立起一个可以适应近现代工业体系的社会文明，穿越者们首先要对他们统治下的"土著居民"进行改造。他们进行了轰轰烈烈的土地革命，并且大力实施移风易俗运动，不惜和顽固势力开战。经过艰苦卓绝的斗争，他们终于建立起了一个新型的近代社会雏形，而我们所熟悉的警察、法院、银行、学校、娱乐业等现代设施，亦逐渐出现。在这一过程中，最牵动我们读者情感的无疑是那些大时代里的小故事：

随着穿越者势力的不断壮大，其影响力辐射的范围也越来越广，固然有许多土著得益于临高众，在乱世中捡回一条性命，过上了以前无法想象的幸福生活，但也有不少人因为穿越集团的产品而失业。我们甚至能看到烧毁近代化缫丝工厂的丝农，这无疑让人隐隐看到了英国工业化进程中的"机器吃人"故事——无数的丝农因机器的高效率而被解雇，衣食无着，只能奋起反抗。

而我们也可以看到，这并不是一个"穿越到中国古代救亡图存"的故事。临高众降临明末，不是来建设共产主义新大明，而是来做人上人的。放弃现代社会的安逸生活，来到一个朝不保夕的古代世界里，除了一部分人是为了逃避现实之外，更多的人实际上是想要出人头地。因此他们与这个时代的冲突无疑只会以最剧烈的形式呈现，而无转圜的余地。作为在二十一世纪现代文明中长成的一群人，他们却毫不犹豫地选择了在十七世纪使用奴隶和苦役进行快速的积累和发展。纵然这是当时世界的主流，也是尽快建立新世界无可代替的物质准备，但当读者读到此处时，仍免不了心中的怪异与怒火——

而作者也并未对此进行过修饰。这个故事讲真实、讲合理，不仅仅是在工业科技等专业知识上，它也从不避讳这个过程中的真实、龌龊和牺牲。因此我们可以看到，不仅是对外的扩张中充斥着黑暗，随着故事的进展，从二十一世纪抱团来到古代的这些穿越者，也开始了他们的分裂与内斗。

作为一本"众筹"式写法的小说，《临高启明》当然空前，但为何同时也是"绝后"？

这个故事中的主角团体并不是铁板一块，他们中间有各式各样的思想流派，也有着各式各样的利益诉求。有人的地方就有权力斗争，《临高启明》中的穿越集团当然也不例外。小说中的几条暗线也揭示了这种内部斗争的残酷性。有得必有失，万事都不可能十全十美，这才是《临高启明》作为一场大型社会学实验的意义所在。而在小说之外，实际上，这也是《临高启明》作者众之中的分裂。

这部发源自讨论论坛、经由无数读者补充甚至编写过的小说，从正式敲下第一个字符至今已过去了整整十三年。故事中的穿越者们会展开内斗，而故事之外的作者们也并非一团和气。十三年里沧桑巨变，许多原本的作者因各种原因纷纷离开了这个群体，其中甚至不乏在某个方面挑大梁的重要作者，这实在是本书的一大损失：比如在盗泉子道长离开后，书中就失去了描述新道教的情节。

时至今日，穿越者们的势力范围早已从小小的临高县扩展到了整个海南岛，乃至两广地区。这种由文史爱好者、工科宅男以及政经"键盘党"们组合而成的混合体，在他们的自留地里用自己的方式合力为这本书添砖加瓦的行为，让《临高启明》一书完全成为百科全书式的阅读奇观。从历史到政治，从军事到工业，从理想到现实，身为读者，可以在书中读到任何你感兴趣的内容，如果你恰好是以上所列人群中的一员，那么更可以感受到来自于骨髓深处的战栗快感——即便你对其中的某些部分感到反感，也不可否认这个故事之中有某种基于同等文化体系、同等国情环境的认可。

而整整十三年过去，新的作者加入，旧的作者离去，唯一不变的是，这个故事仍旧在继续。可在临高之后，是否还能有这样一部汇聚各个专业领域的有才作者，让他们为同一个故事添砖加瓦的小说？要成就这样一部小说，天时地利人和缺一不可，而在其中所耗费的心力，更是无可计量。因此，恐怕临高之后，再无如此盛景。

秦吏

《秦吏》:
透视秦政的成与败

距今 2200 年前的秦朝,相信对绝大多数国人来说都是无人不知无人不晓的。毕竟"秦皇扫六合,虎视何雄哉"、大一统对中国的影响之深远、万里长城的雄伟震撼,以及那随后的"秦二世而亡"所带来的天下硝烟,都是我们从小听到大的故事。如果是对历史感兴趣的,或许还会知道白起、王翦等名将,韩非、李斯等文臣,以及"睡虎地秦简"中严密苛刻的秦法。无论如何,这个虽短暂却真正造就了"大一统"的朝代,都是今人永远不会忘记的历史瞬间。

然而,尽管秦朝重要如此,但它毕竟的确太过短暂,就犹如一颗才刚开始大放光明就已然陨落的启明星,在历史中一闪而过。我们虽然知道它十分重要,但还没来得及多看两眼,就已经进入了秦末烽烟四起、楚汉争霸的时代。于是除了那些我们耳熟能详、被写入教科书、被改编后放到荧屏上播放的故事和人物,实际上我们对秦朝的社会运作以及人文生活实在是知之甚少,甚至颇为陌生。即便有许多专研秦朝生活的著作,一旦涉及"社科"两个字,似乎就已经让许多读者心生抵触。

因此对我来说,《秦吏》这本小说最大的意义就在于,它用生动的形式为我们展现了一个栩栩如生、如在眼前的秦朝,让读者可以直接代入秦人的视角,跟随着主角的脚步,体验到秦人生活的方方面面,渐渐了解这个我们既熟悉又陌生的朝代。而我们所跟随的这位主角,他的名字,叫做黑夫——

如果你觉得这个名字很陌生,却又好像在哪里听过,那就对了。历史上的他活着的时候确实寂寂无闻,然而只要是研究过秦朝历史的人,都会觉得这个名字实在亲切:在重要的秦朝史料"睡虎地秦简"中,有一封木片上写的书信,是将上战场的黑夫写给家人的家书,也是世界上最早的家书。

当然,历史上的黑夫可能很早就死在了秦朝征伐楚国的战争之中,故事中的这位主人公芯子里已经是穿越而来的今人。于是,摆在他面前的第一个难题就是:他该怎么操作,才能让自己和自己的家人在秦朝活下来?

对穿越者来说,秦是一个很"坑爹"的时代,尤其是当主角是一个连姓氏都没有的普通黔首时更为严重。大名鼎鼎的"秦律"统治着这个帝国,于是主角不能像别的穿越者一样,制造一些后世小发明,因为秦代的工匠们都有专门的户籍,不是匠籍上的人,献上发明不但没奖励还要受重罚;也不能像别的穿越者一样抄诗背文,因为秦代崇尚"以吏为师",小孩子上学学的不是子曰诗云而是各种法律条文;甚至主角想找个历史名人抱大腿都难,因为秦朝实行按军功授爵,砍不了足够的敌军人头,就是皇帝本人的孩子三代以后也只能去当平头百姓。

还好,主角身高体壮,前世又练过拳脚,所以有惊无险地混进了公务员队伍,当上了一个小小的亭长。于是我们这时又会发现,秦朝的法律制度真的是无所不包,让人眼花缭乱,就算是投个匿名信也能让你被罚得倾家荡产,甚至还要被罚做苦役;盗墓、拐卖之类的罪犯更是直接砍头,绝不姑息。若论处置之严,中国历史中比得上秦律的可谓屈指可数,就连我们的教科书上也一直在讲秦朝有着远超后世的严刑峻法。但是,当我们仔细思考过这些"严刑峻法"的条例,看到它们在实际生活中的应用,我们这些守法良民或许却会觉得严苛的法治不见得是坏事,最起码,我们看到坏人遭殃的时候,都会感觉到通身舒畅。

让人畅快的除了刑罚还有奖赏。我们经常可以看到穿越到历史中的主角要么本身就家境颇为不错,要么就是适逢天下大乱,为何?自然是因为在别的朝代中,要想"出人头地"实在太难太难,光是科举一途便要花费不少钱财,更是千军万马过独木桥,遑论在那之后的官场沉浮。如果换做另一个朝代,恐怕像主角这种泥腿子农民很难做到平步公卿,但是秦朝却为他们提供了一条阶层直升渠道:只要你能够在军队里奋勇作战并活着回来,就可以沿着一级又一级的爵位晋升上去。于是我们可以看到,尽管黑夫只是一个再普通不过的泥腿子,但一场场仗打下来,不知不觉间,他现在竟已经是一方郡守、封疆大吏了。

思考一下，为什么陈胜、吴广两个没受过什么教育的泥腿子竟然能说出"王侯将相，宁有种乎"这么有深度的话？两种可能，一个是后世文人的加工；另外一个可能，这句话本来就是秦始皇时代的政治正确。处于制度变革期的秦国，通过宣传工具把这一先进观念灌输给了每一名国民——只要你愿意拼命努力，再加上一点运气，你也可以平步青云、位列公卿。以前看历史书上总是笼统说秦灭六国是因为制度优越性，然而这种"优越性"到底源自何处？于是在《秦吏》中，主角黑夫就是一个活生生的例子——正是因为有着这样的奖惩激励，将士们才会卖力奋勇杀敌，而其他人也不敢越雷池一步。在这个社会中，不管你做什么事情，都有规矩约束，不管什么人都讲究法律责任，守法上进就会越过越好，真是让人处处舒畅的社会环境啊——

但果真如此吗？未必。

或许就是因为秦朝的律法过于超前，所以这个首度实现了大一统的庞大帝国才会如此轻易就分崩离析，站在历史的角度看，严刑峻法的秦律只是战争年代激发战争潜力的工具而已。而在秦律之外，春秋战国多国并立的时间过长，形成了巨大的惯性。

"秦失其鹿，天下共逐之。"胡亥无道、天下英雄并起之时，是何等的风起云涌。然而即便是喊出"王侯将相，宁有种乎"的陈胜、吴广，也是假借公子扶苏、楚将项燕的名义；之后席卷天下，几乎万众归心的项羽，亦是楚国后人。尽管天下一统是大势所趋，尽管最后是刘邦夺得了天下，但是这种惯性仍然让当时的人们更愿意接受分封制慢慢消亡，而非如秦一般直接将各国吞并成州郡。所以刘邦分封韩信、英布等人，本质上是对历史惯性的妥协，当时机成熟的时候消灭这些诸侯国，则是再次天下一统的需要。

《秦吏》有很好的一点，那就是，它既写出了秦律的细致严谨、透明高效，又写出了在这样缺乏弹性和人性的制度下，社会内部积累的残酷高压。而且作为封建王朝的秦朝，也不可能是完全的法治社会，在所有人的头顶上，还有一位高高在上，"横扫六合、虎视雄哉"的秦始皇，他的旨意凌驾于所有律法之上。当这位千古一帝英明神武的时候，或许他的确能带领秦国高速发展、越来越好；但当他步入晚年，开始老迈昏庸的时候，这个国家便再也没有人能制约他，即使是主角，也只能用一些方式迂回劝告。最后主角也无法忍受秦二世的倒行逆施，只得举起义旗，彻底背弃了"秦吏"这个身份。

而经过一次又一次的沙场征战，从最底层的无名小卒一路步入这个庞大帝国的中央的主角黑夫，即便他早知"秦二世而亡"的历史，但他又怎会甘愿就此对历史俯首？因此，对于黑夫来说，促成大秦统一只是万里长征第一步，更重要的是如何防止它像历史上那样二世而亡。于是他既要跟六国残余势力斗争，扼杀张良等复国疯子；又要跟权相李斯斗争，千方百计阻止他毁灭诸子百家学说的计划——最后还搬出了造纸术和印刷术两尊大神。同时，黑夫还通过诱导秦始皇西进拓土，暂时性地把军功授爵制保存了下来。但是作为读者，我们可以看出，这种在三个鸡蛋上跳舞的玩法也已经日渐窘迫，而书中人更是早早便意识到了这一点。无论他们愿或不愿,一场庞大的、将要真正地震撼天下的高潮,都已经如同天边的乌云,最终将要成为压顶的风雨。

总体来说,这是一部历史类神作,开头看着还有点敦厚稳健的风格,看到后面慢慢锋芒毕露。一边写故事一边科普各种历史常识的做法,以及历史人物的正面与侧面描写,读起来的感觉特别像《宰执天下》。甚至主角黑夫的行事作风也非常像韩冈,最擅长用千年见识压人。尤其作者还喜欢玩梗,比如那个齐国版《最后一课》写得就非常好玩儿。翻开这本书,就像是打开了一个小小的窗口,而在这个窗口之内,那个熟悉又陌生、雄伟又神秘,距离我们两千年历史的秦朝,正在逐渐向我们展现他的一砖一木,以及它历经并即将历经的风云变幻。

覆汉

《覆汉》:
长留史册的英雄史诗

　　距今已有 1800 多年的汉末三国,那个风云变幻、英雄辈出的时代,不但在国内仍然有着旺盛的生命力,更以一种奇妙的姿态,成为全世界受众心目中的"好故事发源地"。有一位英国小哥在论坛发帖,称自己在读到天下无敌的英雄关羽被东吴俘虏杀害时,惊讶得"猛地站了起来,把书扔到地上,试都没试地把脚塞进了鞋子,冲进了外面的大雨中"。大场面、多视角的宏观历史叙事,以及那段历史中至今流传不衰的英雄史诗,都堪称荡气回肠,就像这位小哥在其文章中所说:"阅读这个伟大男人的人生经历曾给我一种希望:英雄们的事迹会穿越时空,在历史中长久地回响。"

　　从网文诞生初期历史的《真髓传》到近年来的赵子曰《三国之最风流》、赤军《汉魏文魁》,都用精湛的文笔和丰沛的历史知识把三国历史中的英雄传奇讲述得非常好看。但是在我看来,网络文学中真正写出了三国英雄豪气和担当的,当属榴弹怕水从 2018 年开始在起点中文网写作的《覆汉》。

以往的穿越文无非都是主角从现代穿越至古代，运用自己在现代所习得的知识"走上人生巅峰"，然而本文却略有不同——虽然这的确依然是一部"穿越文"，但公孙珣却是实打实的古人，只不过是"穿二代"——真正穿越的，是主角公孙珣的母亲公孙大娘。

公孙大娘是一个穿越到汉末的女频写手，他的父亲则是北方边境公孙家族的旁支子弟。没有超越时代的政经社军人文思想，公孙珣只是借助母亲的力量，拥有了一个"预言外挂"，他的成功依然是时代性的成功，名士、天才、家学的成功，策略战术和人才的成功。在小说中配角们的眼里，公孙珣是一个超世之英杰。他年纪轻轻就通过火烧鲜卑王城和覆灭高句丽两场对外战争成就了"公孙白马，不负天下"的赫赫威名，之后又诛杀阉宦、平定黄巾、击杀董卓、大胜袁绍，以卫将军身份统摄朝政。但是在读者的口中，他却往往被戏称为"妈宝"——因为公孙珣的一切成功都离不开他的母亲。

公孙珣的家世，是公孙大娘带来的；几乎取之不尽的财富，是公孙大娘的"安利号"积累的；塞外多个势力的关系，是公孙大娘过去编织的；求学的老师卢植，是公孙大娘的故交；刻意结交的英雄豪杰，是公孙大娘之前提到的；甚至于养的那一窝猫，还是公孙大娘反复提到的。更重要的是，公孙珣从母亲的口中知道了历史的发展脉络和真正的"兴亡周期率"——真正的力量不在于兵多将广和豪门望族支持，而在于"沉默的大多数"。只有人民，才是创造历史的真正英雄。

那是一个虽风云激荡，却仍被世家大族所牢牢把持的时代。贵族至高无上，天然享有无比的地位，是所有黎民百姓都必须仰望的存在。若非公孙大娘乃是穿越而来，即便前有陈胜、吴广的"王侯将相，宁有种乎"，也无多少人真的敢将其当成金科玉律。作为土生土长的"古人"，公孙珣也曾半信半疑、犹豫不决，然而随着他成长的步伐，他认同了母亲所说的话，母子二人向汉朝末年逐渐发展起来的世家大族、地方豪强地主们亮剑，向困扰中国数千年的兴亡周期率亮剑。

而在这之外，因为公孙珣只是"妈宝"，在我们眼中，他仍然是一个古人、一个在古代环境里成长起来的英雄豪杰。然而，每一位英雄，都绝非天生。作为读者，我们可以从每一卷的故事、每一个人物的登场与重逢、每一次的战斗甚至于每一次的天相变化中看到主角公孙珣的成长。他从一个会弄巧成拙、被联手算计的少年，成长为一位在自我怀疑时仍秉持英雄之气的主公；从"苟全性命于乱世，努力闻达于诸侯"，到"乱世里死的，九成都是不争的"。在面对可见的巨大变局时，公孙珣在游学中与所知的历史英雄交往时，面对东汉末年严酷现实的冲击，对于自身拥有资源的逐步认识中，自身的心态也在逐渐发生转变；而在征讨鲜卑时的搏命一击中，面对甘愿赴河而死的故人王宪时，在皇宫中与汉灵帝的谈话里，他猛然爆发，简直如同整个人脱胎换骨——仿佛现实中真的有如此的传奇，读者们看到公孙珣一步一步努力向前，直至成为一个真如历史上英雄人物那样的盖世英豪。他不是天生的英雄，而是一个成长为英雄的人！

作为主角,作为一个生活在风云激荡的时代,并立志要创立一番事业的主角,作为一个能与那些史书上的英雄们同台竞技并拔得头筹的主角,他必须也是一位英雄豪杰。然而在这样的时代中,主角必定不会是唯一的英雄,只有足够多的英雄、足够多的义薄云天、士为知己、慷慨壮志、末路高歌,才能造就这样一个时代。公孙珣如是,其他人亦如是。

然而俗话说"画鬼容易画人难",因为我们大多数人不知道鬼长什么样,所以画鬼才容易;因为人人都知道人长什么样,所以想画出别人心目中的人很难。三国历史上有许多现代读者耳熟能详的历史人物,每个人都在读者心目中有先入为主的印象,正因如此,要写出让读者满意而又不流凡俗的历史人物,就显得格外之难。谁能想到,《覆汉》中除了主角以外,最出彩的人物居然是南阳人许攸许子远。甚至我们完全可以认为小说中的许攸是另外一个名垂青史的主角,跟真实历史书中的许攸是两个不同的人。

史书上的许攸是相当脸谱化的——一个有才能的贪财小人,仅此而已。但在榴弹怕水的笔下,这个历史上并不出彩的人物被赋予了一层"大变革时代士大夫阶层代表"的底色,让他摇摆在权谋、忠诚和利益之间找寻平衡,然后作者更给了他远比历史上更强的智谋大礼包。尤其是他在袁绍和公孙珣决战中三次布设机谋,一次比一次精巧,一次比一次厉害,但却一次比一次败得更惨。

许攸其实是公孙珣的老相识,早在主角身份寒微的时候,就在京城洛阳跟他有了第一次接触。公孙珣深知此人的死穴，不惜一切代价倾力结交，通过他打通了在袁绍等高层贵族中的社交圈，也买到了非常多的情报，甚至有几次公孙珣面临生死危机时，都是通过花钱贿赂许攸过关。

但在书中，"贪财"仅仅是许攸性格中的一个方面。他一方面无法抵挡公孙珣的金钱攻势，另一方面却又有着作为汉末士人的风骨和坚持，认为自己受了袁绍的知遇之恩，做了对方的臣子就必须舍身相报。所以他在袁绍梁期城下惨败之后明知公孙珣已经必胜，却仍然使出全身聪明才智，设计出一条几乎翻盘的绝计；在目睹袁绍忧愤而死之后，更决心用自身之死为故主复仇，借公孙珣之手杀死那些背叛袁绍的真正小人。这段描写活灵活现、有血有肉，一个贪财却忠义、猥琐却慷慨的角色跃然纸上。这看似矛盾的特质汇于同一个人身上，却丝毫不觉突兀，留下的只是长久的吁叹。

而这当然远远不是全部。如历史上一般神勇无敌、忠义无双却别出机杼的关羽、外表忠厚而聪明异常的董昭、冷静到冷酷的"毒士"贾诩……种种角色从历史中醒来，纷纷加入这天下大潮之中。他们的个人魅力并非只靠空洞的描述，更以一件件实事、一次次谋划、一桩桩成果及他们远胜常人的洞见和勇气，来证明他们确确实实亦是天下的英豪，让读者屡屡拍案惊奇、拍手称快——毕竟，只有无数英雄迭出并彼此斗争的壮怀激烈，才是我们所认同的那个三国啊！

而在描写了一个又一个慷慨悲歌的英雄、盖世无双的谋士之外，作者还非常擅长"微创新"，其中最让读者印象深刻、为之捧腹不已的，当属每章结尾由作者写下，足以乱真的"《旧燕书》《新燕书》《汉末英雄传》"。这乃是后世用以记载文中情节的三大史书，却因修书者立场不一样而在同一件事上对主角暗藏褒贬，对照"现实"一看，简直令人忍俊不禁，笑得不能自拔。而公孙大娘创办的汉代商业公司"安利号"，让人在提及时都会说"汝知安利否"；大胜卜巳之后的宴会上感叹说自己认识的英雄曹操没来，结果话音刚落曹操赶到，来了一个正牌的"说曹操曹操到"；《讨董檄文》全文复制粘贴唐代骆宾王的《讨武曌檄》，而袁绍接到这篇檄文时刚好犯了头痛病，听完后出了一头的汗，一下子头不痛了——这是在《三国演义》中，曹操看到陈琳为袁绍写的讨曹檄文的翻版。更为奇妙的是，在本书中，袁绍的反制公孙珣的檄文，则也是陈琳写就的！

这种种让人哈哈大笑的"梗"无疑证明了作者榴弹怕水的巧思，但让《覆汉》这本小说获得成功的，依然是作者描写"英雄"的功力。沈从文先生说过一个小说写作的定律："不管写什么故事先要让人立住，人活了故事也就活了。"《覆汉》中每一个人物角色都如此丰满圆润，作者最擅长从微观视角上描摹世道人心，同时也通过这些描写为我们展现了汉末三国时代的社会全景：宁死不降的黄巾将士，各怀鬼胎的地方大员，撕咬不休的士人和阉宦，贪财如命的昏君，摇摇欲坠的大汉江山。当人们看明白台上站的都是一群废物时，原来的忠臣也会开始疑虑，渐渐控制不住野心，直到带来又一个乱世。王朝末世并不是突然崩塌的，当墙基渐渐风化磨损之后，房子塌掉就是一个时间问题了。

所谓"覆汉",覆灭的并不仅仅是大汉朝廷,更是寄生在整个社会体制中的蛀虫,从汉灵帝这样的独夫民贼、王甫这样的跋扈内宦、董卓这样的霸道军阀、袁绍这样的世家大族,乃至各地方的豪强地主,都是主角母子要覆灭的对象。但覆灭旧时代不是最终的目的,在废墟上建设一个崭新的世界,才是主角母子未来的奋斗目标。任重而道远,然而——仁以为己任,仍是这千百年来的弘毅之士,所追求的方向。

绍宋

《绍宋》：
不开金手指、不攀科技树，历史一样能写得很好看

　　穿越有什么好，让那么多的作者都爱写这个设定？细细想来，"穿越者"比之"土著"所能拥有的优势，无非一是已知的历史，二是可供抄袭的诸多文学作品，三则是对现代科技的了解。因此，所谓穿越者改变历史的手段，也不外乎论坛上长期争论的两板斧：攀科技树的工业党，或是开金手指的文抄公。

　　很多早期网络穿越小说都迷信于所谓"制度的力量"，但与此同时，也有很多作者试图把现代科学技术的进步移植和嫁接到古代社会，靠攀科技树引领所在的国家崛起。比如2004年的穿越小说《新宋》中，主角穿越到了王安石变法时期，依靠抄袭后世诗词成为翰林学士，"发明"了水泥、火药、大炮等后世科技成果，不但凭一己之力化解了新旧两党的纠葛，兴利除弊，拓展疆土，让大宋朝成为世界强国，更让中华文化传播到了海外。实际上，后来的穿越小说很多都算是《新宋》的改良版本，即主角回到某些关键的历史节点上逆天改命拯救中国，同时自己也黄袍加身或是权倾天下。

在很长一段时间里,网络穿越小说的写法都可以归结为"内斗靠金手指,外斗靠科技树"的套路,理顺内部之后种田建基地,然后一波平推,打倒外敌。打破这种网络穿越小说既成模式的小说也大体可以分为两类,一类是专注描写科学技术发展细节的硬核种田基建文,比如我们熟悉的《临高启明》,有"临高一出,再无穿越"之说。这句话虽然夸张,但这本小说也确实让很多人明白了:穿越到古代攀科技树没那么容易。而另一类则恰好相反,不再把穿越者视为古代的异类,而是将其当成一个真正的古代英雄来浓墨重彩加以渲染,塑造出真实、细腻、令人震撼的古代社会图景。这类小说的代表作,新晋历史文大神"榴弹怕水"的作品《绍宋》,理应占据一席之地。

　　本书主角出人意料地魂穿到了北宋"靖康之变"后,附身到被称为"完颜构"的赵构身上。小说开局,山河破碎风飘絮的小朝廷面对当时近乎无敌于天下的金国强兵,只能东躲西藏。但在赵构带人逃到了南方建立南宋后,只要不像历史上那样自毁长城,经过十几年磨砺的岳飞、韩世忠等名将已经可以正面击败金军,甚至直捣黄龙收复失地也并非不可能。有读者甚至说:"只要不是完颜构当皇帝,皇位上哪怕是拴条狗都能收复中原。最起码狗不会干出杀害岳飞这样又蠢又坏的事。"

　　但对于一个穿越者,对于一本小说而言,这样的开局却让主角陷进了一个尴尬的局面:刚刚穿越过来的时候,前世只是一个普普通通大学生的赵玖颇为迷茫,不知道自己能干什么、该怎么干——毕竟历史上的赵构只要不杀岳飞,也是稳操胜券,他甚至害怕自己一通操作反而让南宋提前灭亡。但在目睹了金军的残暴、百姓的苦痛和北方军民的忠勇义烈之后，他终于决心抛开种种顾虑，拼死一搏。

于是穿越者赵玖没有像历史上那样仓皇南渡，而是率领残兵败将依托淮河防线与金军硬碰硬，取胜之后又一鼓作气西进南阳、收复开封、决战关中。宋军在御驾亲征的赵玖指挥下在野战中正面击败了金国西路军主力，并且阵斩其头号名将完颜娄室，使得宋金战争正式进入了战略相持阶段。而此时，赵玖穿越还不够两年时间。最关键的是，这样像神兵天降一般力挽狂澜、逆天改命的戏码，在作者笔下写出来完全没有任何违和感，无论是前期逆境中的乾坤一掷还是中后期的大兵团硬刚，都写得神完气足、活灵活现，而且绝不浮皮潦草，充满历史的厚重感。

归根结底还是因为榴弹怕水的笔力太强。《绍宋》中的南宋君臣，从主角到配角都洋溢着一种让人心折的英雄气概。史书为尊者讳，把杀害岳飞的锅背在了秦桧等"奸臣"身上，但是明眼人都看得出来，当皇帝的赵构才是罪魁祸首。他一心要议和投降而金国又提出了"必杀飞，乃可和"这样的和谈条件，近乎一拍即合。"千载休谈南渡错，当时自怕中原复。笑区区、一桧亦何能，逢其欲"！

风波亭冤案葬送了"精忠报国"，葬送了无数不惜抛头颅洒热血也要光复河山的有志之士，更折断了那根脊梁骨。不管历史上的赵构是为了巩固自己的权位还是夙到屈膝投降，都不妨碍我们现代的读者对他抱着一种憎恨和仇视态度，因此《绍宋》让主角穿越成这个千古罪人，绝对是一步险棋。但是在这个故事中,作者却让读者一步步慢慢接受了主角,甚至还开始觉得他可爱、可亲、可敬。这当然不仅仅是因为把他的名字替换成了"赵玖",更重要的是,榴弹怕水还赋予了这个人物一股强烈的英雄气息。

传统意义上的穿越历史小说往往足够"唯物主义",强调现代社会带来的科技进步和制度优势,但是南宋小朝廷缺少的恰恰不是物质进步,而是昂扬向上、坚贞不屈的精神力量。这个时代像岳飞、韩世忠这样的硬骨头其实并不少,但统领这样一群狮子的,却是一头软弱无力的绵羊,南宋才在和金国的博弈中处处被动挨打。《绍宋》这个故事一直基于这样一个假想:"换掉一心投降的赵构,历史会变成什么样?"

难怪有人说,本书主角一穿越就干掉了本书最大的 Boss,即赵构本人。淮河一战,曾经迷茫多时的赵玖奋起一搏,亲手杀死"长腿将军"刘光世,之后掷首稳定人心,白衣渡河收张俊,死战不退拿下第一胜;长社之战,千里赴戎机,斧劈杜充、联兵破挞懒、东京见宗泽,每一段都写得刚柔并济,让人热血沸腾之余,心中亦生出无限感慨。到了富平决战一役,在完颜娄室发起决死冲锋、宋军阵线即将崩溃之际,又是赵玖带着天子专用的金吾纛旓从山上席卷而下,如泰山压顶一般彻底逆转了战场局势。精准、勇猛,甚至带着沙尘气息的行文,让这些场景描写都如同活生生的电影画面,让人热血沸腾、感同身受,甚至有读者评价:"不亚于罗贯中再世。"

罗贯中写三国,写尽了东汉末年席卷天下的英雄气概。而《绍宋》所写的,同样也本该是属于那些力挽狂澜、逆流而上的英雄的时代。作者将赵构替换为赵玖，乃是了却了所有知晓这段历史的读者的遗憾，拔去了那根让所有人如鲠在喉的钉子，尽情去写这时代中的每一位英雄。收复东京一役，宗泽第一次也是唯一一次出场，由生到死作者只用了一章，几句对话，就把这位千古流芳的老英雄刻画得精彩绝伦，让人觉得历史上的宗泽就该如此，本该如此。但与此同时，这样一位大英雄相对坐论的赵玖却也是丝毫不落下风，最后更提出铿锵有力的"无论如何，绝不议和"，让宗泽死而无憾。

要知道，宋金之际的英雄人物在读者中的知名度肯定比作者所写前一本书中的三国人物要低不少，除了岳飞算是家喻户晓，韩世忠、宗泽算是历史名人外，其他如中兴名将张俊、西军名将李彦仙和曲端、吴玠等，恐怕只有历史爱好者知道名字。但是榴弹怕水就能凭借一段段的史料，加上自己的卓越文笔，来赋予这些将领鲜明的性格特征。韩世忠和岳飞都是一身英雄气，但是英雄得不尽相同：岳飞是言必行、行必果、公正无私的真君子，韩世忠是骨头硬、浑不吝、胆大包天的大丈夫。张俊贪财却忠义，李彦仙孤傲却神勇，吴玠持重又心细，至于"文武双全"但说话阴阳怪气、一开口就得罪人的曲端，更成了书友喜欢玩的梗。种种人物千姿百态，言行举止各不相同，但他们所共有的，是这流淌在血脉中、回荡在史册上的英雄气概。

这些幻想中的穿越故事，无疑就是为了弥补历史中充满的遗憾与痛楚。而我们最想见到的，最为之心心念念、夜不能寐的，就是英雄得以挺直脊梁、忠义之士得以酣畅淋漓、心中一片不平意得以化作快哉风，不是吗？

死人经

《死人经》:
惊心动魄、如履薄冰的悬疑武侠杰作

2015 年我写过一个帖子——《武侠小说的没落和仙侠小说的兴起》,说到近些年来武侠小说凋零,几乎没有任何新作能让我眼前一亮,其实是有点儿违心的。因为就在 2014 年,我刚刚读完了一本让我沉醉到骨子里的武侠小说——冰临神下的《死人经》。

在这个武侠小说式微、大陆新武侠也反响寥寥的时代,作为网文的《死人经》,它就如一颗忽然升起的璀璨明星,其冷冽、惊艳,直到如今仍可算是作者冰临神下的代表作,甚至有着"超越网文的质感"。只是,之所以没把它算作武侠文化复兴的灯塔,除了其写法本身与其他武侠小说完全不同以外,更重要的原因是它的作者冰临神下在完本后也放弃了武侠转投仙侠门下,反而成了武侠小说衰微和仙侠小说兴起的又一注脚。

在刚刚开始看《死人经》这本书的时候,我对它的文笔其实评价不算太高。在当时的我看来,这个故事的开头情节不错但文笔却略显粗糙,有一点点像古龙,不过没有那种故作高深

感，只能说是"流畅以上，好看未满"。但是看到后来，我的看法慢慢变了：作者并不是写不出华丽的文风，只是因为这种文风和故事的整体氛围不符合，所以他才故意弃之不用。

因为这是一本浸泡着苦难和泪水的小说——因为一本被称为《死人经》的武学典籍，主角顾慎为全家被一个杀手组织杀害，只有他自己幸免于难。之后他机缘巧合，居然以仆役的身份进入了仇家杀手组织所在的那个石堡里，作为一个学徒刀客，潜伏了下来。

这样的开头难免让人想起《笑傲江湖》，想起林平之的遭遇。但相比至少在表面上和乐融融、兄友弟恭的华山派，石堡是一个更为可怖的丛林世界。这个地方时时处处都布满了杀机，主角只要踏错一步，就是万劫不复的境地：一方面是石堡对他的追杀还在继续，一旦身份泄露就是死路一条；另一方面他还要与身边一同练武的小伙伴们钩心斗角、和堡主的儿子女儿们虚与委蛇、和自己的师父斗智斗勇。而与此同时，他还要费尽心思去解开一个又一个的谜团；他一边解决，一边又无法自拔地陷入更深的谜团之中。层层悬念推进，步步连环紧扣，让读者想到角色处境之错综复杂，更为他们的下一步动作而不自觉地提心吊胆，只能静候作者娓娓道来。

而作者那冷冽却准确的高超笔法，也的确无负于这个故事。于是，从灭门惨案开始，进入石堡后，这个故事变得越发精彩，字里行间可以说是步步杀机、迷雾重重。读者仿佛跟随着顾慎为一起在刀尖上跳舞，一个又一个危机令人时时处处都把心提到了嗓子眼儿，可谓如履薄冰，步步惊心，仿佛一不小心就会掉下悬崖摔个粉身碎骨。

提心吊胆，却又精彩纷呈，这就是《死人经》的第一卷，而作者冰临神下的超绝语言掌控力，以及那种冰冷而精准的笔触，也初露峥嵘。看这个故事的时候，读者得时刻做好情节突变的准备，往往当我们觉得主角已经化险为夷的时候，就总会有人在他背后给上致命一击。你甚至完全无法分辨谁是主角的朋友，谁是主角的敌人——更过分的是，你完全猜不到谁在下一章会毫无征兆地死去。

就如同上官雨时。这个角色刚出现在大家面前的时候，就如同一个再普通不过的龙套，甚至让人觉得她完全活不长。但是谁知，她却一直和主角作对了下来，而且戏份越来越多，内心剖析也越来越浓，越来越跃然纸上、栩栩如生。然而就在我们觉得她会成长为一个大人物时，她却说死就死了，干净利落毫不拖泥带水，仿佛她本该如此。

再比如教给主角"找到真相并不等于解决问题""杀人之前首先要斩断关系"的那位师父——他其实是石堡中少数不太令人厌恶的人物之一，甚至可以说是世界上极少数真心对主角好的人物之一。我曾经一度怀疑作者会"妥善"处理这个角色的结局，但是最终，他也极为干脆利落地倒在了主角的刀下。

反倒是荷女，这个初看实在平平无奇、宛如路人般的角色，却随着剧情进展而愈发大放光彩，直至与上官茹分庭抗礼，成为多少读者眼里向往的角色。这两大女性角色的内在驱动力,甚至要超过主角顾慎为。

　　相比起后面的情节,《死人经》的第一卷乃是享誉最多、甚至被誉为神作的一卷。我一直觉得,倘若《死人经》如果能把虐主进行到底,在第一卷结尾处结束,主角含着满腔怨愤死在荷女剑下,那这本书就将会成为武侠史上空前绝后的一代神作。但是,没有办法,作为商业小说,《死人经》也无法完全漠视读者们的感受,顾慎为倘若当真就此死去,读者肯定不会答应。更何况,作者心中的这个故事还远远不止有这么一卷,这个故事还很长——因此,写到最后还是要留下一个光明的结尾,即使这个结尾十分牵强。

　　从第二卷开始,主角脱离了石堡,故事开始向另一个方向发展过去。不比石堡中每一段情节都让人喘不过气来的紧张感,后面的发展要更为平顺,或者说,更符合"网文"的节奏。但是作者最为拿手的悬疑功底还在,精致的人物描写也还在,这依旧是能让人一口气读完的上好作品——或许对于作者冰临神下来说,制造"悬疑"已经是一种本能。这不仅仅依靠剧情设计上的错综复杂,更寄托在扎实的人物功底上——作者以顾慎为为主角,忠实地只以他的视角为写作视角,绝不斜出一分一毫。顾慎为所见即是读者所见,顾慎为所闻即是读者所闻,然而当顾慎为有所作为、破局而出之时,读者往往还在云里雾里,只能叹息主角的智慧与作者写作技巧的高超。

　　而为何主角处境总是如此危险、这个故事总是如此惊心动魄?那是因为环境如此,更是因为角色如此。书中角色如此多,且每个人都拥有自己的命运与人生、自己的动机与道路,绝非"围绕着主角转动"。人人处心积虑、人人有所图谋——于是一张大网悄然生出，人人都是它的编织者，也人人皆在网中。可编织如此繁密的大网，却只要一颗出乎意料的石子，便可撕出一个意想不到的大洞——再精妙的布局或许都抵不过一个小小的意外，再庞大的计划或许都会败在小人物的一句话。人人机关算尽，却人人无法算尽一切，于是人人都被巨大的意外所裹挟，而坠向一个所有人都预料不到的结局。

迷雾重重和疑窦丛生的悬疑感、精准无比却又冷酷无比的文字，是冰临神下的一贯风格，它带给了读者费尽脑细胞却又在抽丝剥茧中获得爽快感的阅读感受，但无论怎么看，这种风格放在一本纯正的中国武侠小说中，始终似乎有些格格不入。

这是一种只可意会无法言传的感觉，如果一定要类比的话，大概相当于一个西洋油画大家，用油画技法画的却是典型的中国画意象，厚重的矿物颜料所层层涂抹描绘的，却是宛如真实影像般的白鹤、翠竹、牧童、柳笛、荷塘、山水。他用一种看上去完全不适合写武侠的、接近西式侦探小说的笔法来写武侠，像机器一样冷酷、精准，似乎完全置身事外，完全不带任何感情，遣词造句上也几乎都让人想起西式语法，但是写的意象偏偏又是中国传统武侠里的那些东西——复仇、秘籍、神功、爱情纠葛。

或许这正是因为冰临神下的出身：作为曾经的某报纸社会新闻版编辑，他拥有无可置疑的洞察力，不仅只写表面变化，更会用他锋利的笔触去揭露现象底下所埋藏着的深层本质。他的语言极度简洁、极度犀利、极度克制甚至极度客观，单刀直入、直截了当。但与此同时，被他所克制描写的种种感情，却又始终如冰山下的火焰，仅仅一抹冰封中的红色便能让人想到那具有何等惊人的热度，宛如一把手术刀为读者细细剖开皮肉，血肉温热，而刀锋冰冷。他的笔触重新定义、重新描绘了一个"武侠"的世界，又或许正是这样的笔触，才能写出这样的"武侠"。

最难以置信的是，冰临神下的写作风格也和他的文风一样，像机器一样冷酷精准——他在每天的某个时间点准时准点更新一章，极少"请假"，从不间断，风雨无阻。在这个普遍浮躁、成名作者屡屡爆出更新负一负二章的网络文学大环境里，像冰临神下这样的作者，真是可遇而不可求。

所以，珍惜他吧。

天之下

《天之下》：
传统武侠小说的守墓人

    从"金古黄梁温"的时代到如今，通俗小说几经变化，更在进入网络时代后突飞猛进，形成了"网络小说"这一体系之后又进行了二十年的改变和发展，时至今日，许多读者所熟悉的、认可的，早已不是传统武侠里的那一套价值观。比如现在，更流行的，或许还得是"一丝不苟""稳健"甚至"开篇无敌"等"求稳"思想。当然，这也和现在的社会变革息息相关。

    然而正是在这样一个时代，虽然《天之下》发表在网上，但它的叙事节奏、语言风格、审美意趣都更接近几十年前杂志上面连载的武侠小说，跟一般意义上的网文不太一样。可要说它是传统武侠小说，那也不见得，相比之下，它更像是武侠小说在当今时代的传承之末。第一部完结之前我就想写书评，但一直找不到下笔的着力点。等到如今，我才终于想明白了自己为什么这么喜欢《天之下》，这么喜欢李景风。

    因为我们在这个故事的字里行间，同样看到了我们现实中法律和制度的某种无奈。

《天之下》所描绘的是一个非常传统的"武林江湖"，但它几乎比我们以前所见过的江湖都更要黑暗。那些高高在上的大人物们，明知道所谓规矩、所谓"仇名状"制度是九大门派用来吃人骨血的工具，它让天下千千万万像杨衍那样的可怜人有仇不能报、有冤不能申，但是因为"规矩"对他们自己有用，所以都在默默享受着规矩带来的红利——甚至包括齐三爷那样的大英雄，也是规矩的受益者。在这个"低武"世界里，最强的武林高手顶天也就力敌十多人，因此规矩和规矩带来的权力才是最重要的东西，可在这之下所垫付的，却是无数人的血泪与仇怨。

　　在这个故事的背景中，一场类似明末清初的大变局之后，"朝廷"被彻底摧毁，九大武林门派割据一方，成了天下苍生的话事人。它们既靠着"昆仑共议"结成脆弱的联盟，彼此之间又拉帮结派、互相倾轧；在九大派内部，林林总总的附庸小门派代替了以前的官府牧守地方。在失去了"封建王朝"这样一个稳定的统治机构之后，这些实际上的统治机关必须继续掌握规矩和权力。于是在这样一个畸形的社会之中，"仇名状""灭门种"应运而生——它们是门派用以证明自己话语权、行使自己话语权的产物。各门派用这样的手段打击异己，确保自己的统治，而江湖也因为这样的统治而满目疮痍、愈发黑暗。

　　虽然官府没了，科举没了，读书人不再有用了，但是既然人性没变，整个社会的底层规则也就不会变，依然是"掌权的恃强凌弱，守法的朝朝忧闷，强梁夜夜欢歌，损人利己骑马骡，正直公平挨饿"。所谓"仇不过三代"的"仇名状"，就是这个世界里面吃人的法则:九大家想对付谁的时候,只要找一个三代以内和他有过恩仇的人,打着仇名状的旗号就可以把对方家族杀到只剩一个"灭门种",不负任何法律责任。甚至于,废弃了科举这种相对公平的人才选拔制度而令世袭制、裙带党大行其道的同时,各大门派以及掌门家族里面的内部纷争变得更加露骨和激烈。除了彻底一盘散沙的武当派,其他各大门派都有若隐若现的内部问题,等到十年一度的"昆仑共议"到来的时候,终于迎来了一个算总账的时候。在故事开始的时候,这样的制度已经存在了九十年。于是内忧外患一起爆发,治平将终,乱世正式拉开了序幕。而就在这个时候,这个故事的主角李景风站了出来。

"千人之诺诺,不如一士之谔谔。"这个世界里的所有人都知道规矩不对,都知道绝大多数人因此而深受其苦,然而这么多年过去,被欺压的早已被磨灭了血性,只得唯唯诺诺过活,祈祷这从天而降的铁拳不要砸到自己身上。只有李景风站了出来。这个店小二出身的角色大声告诉天下人:这统治了天下九十年的规矩是不对的,皇帝身上没有穿着新装。他的出现就如同一道闪电,在刹那间划破了这个黑沉的、令人绝望的世界。

这正是武侠小说所亘古流传的精神。在如今这个"武侠式微"的时代,我们所翻阅的小说中已经很少出现却在李景风身上重现的,是所有武侠小说中最为重要的"侠义"。当世道清平、国泰民安的时候,保障所有人生命安全的应该是法律制度和道德准则。但是当"朝堂之上,朽木为官"的浊世到来,法律蒙羞之时，那些藐视权贵，愿意为了平民百姓一怒拔剑的侠士，就成了受欺压、受迫害的普通人最期盼的对象——侠义之所以珍贵，是因为它代表了弱者最后的一丝期盼，代表了人性最后的一丝尊严，是所有平民百姓对不公不义不平之事的愤怒和呐喊。正如《唐雎不辱使命》中说："若士必怒，伏尸二人，流血五步，天下缟素，今日是也！"

而《天之下》也远远不只是李景风一个人的故事。真要说的话，《天之下》的写法就像是一块层层叠叠的千层糕，里面夹杂了太多奇妙的配食作料。作者极其擅长刻画人物形象，虽然明面上说小说中有五大主角，但实际上这是一部真正的群像戏，当出来一个配角时，可能会从头到尾讲述他的一生，最后才镶到故事给这个角色留的位置里，但它又不太像《冰与火之歌》之类的 POV，而是更接近《水浒传》的"林十回、武十回"。李景风固然是第一主角，然而作者在他之外，仍在这些篇章里细细描写了其余诸多角色，并密密地埋下诸多线索。几乎每个有名有姓的出场角色都被当成主角来写，每个角色都卓然有范儿，身上都有一段令人印象深刻，可堪玩味的过往。甚至沈未辰、朱门殇、彭小丐等人的出场时间也并不比五大主角少；齐子概、诸葛然、顾青裳、沈庸辞等人也都有大放光彩的时刻。

按理说，这样平均分配戏份的写法会让小说显得支离破碎，但是在《天之下》中，有"昆仑共议、天下大乱"作为牵引，让这些看似破碎的人物传记到最后全都百川入海。直至第一部的最后，五位主角终于聚齐，诸多线索猛然聚为一体，如同烟花爆炸一般将故事推向最终的高潮，又各自分散。此等在谋篇布局上的功力，确实非许多作者可比。

而在这当真如同"天之下"一般的繁复世界中，除却作为全文宗旨的李景风外，与其相对的明不详，恐怕给读者的印象要更为深刻。在《蜘蛛丝》一章中，读者几乎难以发现明不详说话做事有什么不妥之处，直到卜龟凄惨而亡的时候，才感到一股森森寒意涌上心头，脊背发凉。"亦正亦邪"根本无法形容"佛子"明不详，佛魔不过在他一念之间而已。这样的角色，我几乎从未遇见过，更可怕的是，他到底想要做什么？他此时与李景风、杨衍貌似同路，但在这样的表象之下，他实际上又是在想些什么？

这已经不是二十年前那个属于"武侠"的时代，因为武侠有它的局限性，有它陈旧的一面，远不如"玄幻"等题材自由。即便"新武侠"也曾引起过武侠读者的热情，但今日也在渐渐寥落。这么多年过去，《天之下》是第一本让我觉得"像金庸"的武侠小说，不是说文风写法，而是人物的说话办事方式。彭老丐、齐子概、李景风一脉相承的三代侠义中人，你一看就觉得只有金庸小说里面才有，只有金庸才能写出来，而它又拥有着属于这个时代的另一面。这样的武侠小说，在如今实在太过难得，而它之后的故事将会怎样发展，也实在让人心潮澎湃、翘首以待。

从前有个书生

有好多历史人物，但凡接受过九年义务教育的人都听过他们的名字，但要让我们说出他们的生平事迹，却会立刻卡住，比如小学课本只告诉我们东汉末年的孔融会让梨，却没告诉我们他长大以后因为触怒曹操，全家惨遭杀戮。

我有一次在知乎上刷到一个故事，有种耳目一新的感觉。作者一上来不告诉读者主角是谁，而是用"从前有个别人家的孩子"起笔，讲他从小立志爱读书，长大以后文采斐然，但并不以此为傲，而是矢志为民做主，后来官至宰相仍然不忘初心。我猜了好几个人都感觉不对，拉到结尾一看，居然是《山坡羊·潼关怀古》的作者，元代文人张养浩！我赶紧打开百度百科，发现作者讲的故事都能跟史书对得上，那一瞬间，仿佛重新认识了一位"最熟悉的陌生人"。

这位作者叫房昊，是个二十多岁的小年轻。他不光写过张养浩，还写过李白、苏轼、嵇康等我们耳熟能详的历史名人，也有南宋的洪皓、明末的张溥、清朝的龚自珍等仿佛熟悉的陌生人。通过这一个个"从前有个书生"的故事，我们像是打开了一扇通往古代的窗，拥有了聆听他们心声的神奇能力。

十几年前，天涯论坛还很红火的时候，我喜欢在"煮酒论史"版看各路写手写的通俗讲史文章。这些作者大多并不是历史专业出身，仅仅凭借自己对某一时代、历史事件或者历史人物的兴趣，啃完了专业人士见了都头大的史料，再用通俗易懂的语言讲给读者。

那个时候写历史的人太多了，热门的三国、秦汉、唐宋、明清自不必说，连南北朝、五代十国这些相对冷门的朝代都有人专门研究。于是就有一些作者尝试标新立异，用一些当时还很新颖的写法，比如说后来名声大噪的《明朝那些事儿》，最早也是在天涯论坛发表的。该书之所以能够从诸多写明史的帖子中脱颖而出，就是因为作者采用了"以人寓史"的写法，不是干巴巴地复读史料，而是把一个个历史人物放到时代大背景下，不仅记述他们的生平经历，而且站在他们自己的视角，去讲述他们的喜怒哀乐。再用一个个鲜活的人物，串联起大明朝两百多年的历史，这样讲出来的历史才真实而生动，充满烟火气。

这种写法，最要紧的一点就是要"把人当人看"。我们读历史书的时候，容易产生两种心理，一种是自高自大，觉得接受过现代教育的自己比那些有种种"历史局限性"的人强得多，如果让自己穿越到古代，必然能做出非凡的业绩。另一种是自卑自怯，觉得那些古代大人物既然能够青史留名，就必然是人中龙凤、精英中的精英，自己不过是普通人群中的一分子，自己和他们自然也缺少共鸣。

实际上，那些流传千古的古代名人也是和我们一样的人，一样有血有肉，有自己生活中的小烦恼。如果说他们有比我们强的地方，并不是自己的所谓"天才"，而是从一开始就立下的志向、不折不挠地坚持，以及一点点时运而已。通俗讲史文章要想写得好，就需要作者能够把自己的视线伸到古人的生活中去，真正理解、感知他们的所思所想和所作所为、他们的平凡和不凡。这样写出来的人物才能既不冷冰冰地拒人千里，又不油腻而谄媚，而是焕发出人性的光芒。

从这个角度说，我觉得房昊是当年明月的私塾学生。

同样是写苏轼，房昊笔下的东坡先生画风就和别人迥然不同，短短几句把个跟我们一样不想上班的"打工人"描绘得淋漓尽致。

"别人都是隔年昨夜青灯在，可怜此夕看梅花，突出的是个孤独，寂寞，西门吹雪。大苏不，大苏精准戳中了打工人的神经。

大苏：除日当早归，官事乃见留。

我也想回家过年啊！但社畜没有假期啊！

大过年的，轮到我值班，怎么轮到我值班就全是囚犯？

罪犯也年底冲业绩了？

没法子，只能办公。"

而在他的《从前有个书生：北宋篇》中是这么讲的："他喜欢说大话，喜欢乱吃东西，四十岁的时候得了痔疮，始终没好全，他什么都略懂一点儿，只有酿酒没有天赋，他一点儿都不像大无畏的勇士，面对死亡他也害怕得很。"

东坡先生被还原成了一个和我们一样有血有肉、有爱有恨、有笑也有泪的普通人，让我们能够感知到他最切身的体会。

大概苏轼是房昊特别喜欢的历史人物，所以经常在他的故事里面出现。在房昊的另一篇文章《诗词江湖》中，他把古代那些大诗人投影到武侠世界中，他们的作品就是自己的武功——其中一位主角就是初入江湖，充满了少年感的苏轼。

移动互联网时代，很多读者(也包括我)渐渐失去了阅读长篇小说的能力，因为手机里面会让人分心他顾的东西实在太多。所以再也没出过像《明朝那些事儿》那样长达七卷的通俗讲史大长篇，流行的是段子和"梗"。房昊的文章大多数都是几千字的小短篇，也并不打算一篇讲明白一个古代人物，而是截取他人生中的一两个片段，给读者留下深刻的印象——有一点像现在流行的短视频，而不是长篇大论的电视连续剧。

凡人修仙传

《凡人修仙传》：
极端理性的主角和极端残酷的修仙世界

2010 年，忘语所写下的《凡人修仙传》将修仙小说中的境界修订精简成了"炼气、筑基、结丹、元婴、化神、炼虚、合体、大乘、渡劫、飞升"十个大境界，每个境界的特点和能力也都做了详细的设定。这成了后来大多数修仙小说中采用的升级模板，也是从这时候开始，我们再也无法区分到底是修真还是仙侠——因为从此时起的修仙小说之中，几乎在有着明确的境界划分的同时，也有着传统仙侠小说中深刻的情感纠葛和人物故事，而不仅仅是升级打宝。而如何"升级"，在不同的故事中也有着不同的设定，但简而言之无非两种——"心性流"和"凡人流"。

顾名思义，"心性流"即是角色的心性与所修道统功法、坚定自身道路上的契合，是角色升级变强最关键的因素。而实际上是以物质资源为主的"凡人流"，它的名号却是脱胎自《凡人修仙传》。无他，实在是因为这部作品太过典型——这部小说中详细描绘了一个以"社会达尔文主义"为主导的修真世界，修仙者为了抢夺资源,可以无恶不作,抢夺、背叛、出卖,更是司空见惯。它的情节是如此地一目了然,无非就是主角遭遇机遇—危机—突破危机变强的重复循环,但在这样的循环中,主角韩立的角色特征,却显得有一丝耐人寻味。

我们以往读的小说中,往往要求用角色的成长来推动故事发展,让读者们看着主角从稚嫩到成熟,从遇事慌忙到成熟稳重。但在《凡人修仙传》中,作者忘语则反其道而行之,让主人公韩立从故事一开始就具备了"成熟"人物性格的特点。起自乡野农村,直至神功大成、超凡入圣,这漫长的时间里,韩立性格上少有大的变化。隐忍、谨小慎微、利己主义,一定程度上的无欲无求、只图长生,始终是韩立这一人物最基本的底色。

这一人物性格是由小说本身的基本世界观、价值观决定的。要知道,自还珠楼主的《蜀山剑侠传》再到后世的诸多修真小说,仙侠世界虽非理想的乌托邦,但到底是个有情有义,有理想有追求的世界。但《凡人修仙传》却反其道而行,称之为"反乌托邦"亦不为过,几乎所有的修真者都趋利避害,为达目的不择手段。要想能够在残酷的"凡人体"修真世界生存,主人公必然需要具备足够成熟的性格和足够谨慎的态度,而韩立原本放在现代社会会被称作"自私""冷漠"的性格,在这样的世界里反倒成了一个道德水准不错的"好人"。

当然,即便是人称"韩老魔"的韩立,也并非一出场就成熟世故得如鱼得水,他也是从最开始的幼稚轻率,再到后面成熟稳健的。而从修真境界上,他从肉体凡胎到超凡入圣;甚至从外貌上,也有从黝黑村夫到出尘仙人的变化。然而究其本质来说，韩立隐忍稳重、"无欲恶徒"的性格底色从未发生过变化，他宛如机械般的理性感，和对于人际情感近乎残忍和严酷的淡漠感，始终是其人物形象的最重要构成元素。比如说他一开始获得"掌天瓶"的时候，完全不相信自己的好运气，多次使用兔子实验，然后从兔子饮用掌天瓶液体而急速膨胀至爆炸这样血腥令人不忍直视的情形中，还能冷静分析出掌天瓶液体对天材地宝具备"催熟"效果。

这样的主人公，无疑会令部分读者皱眉，却也只有这样的主人公，才能在这样严酷的丛林世界中活下来，甚至步步高升。甚至在一些总是对"圣母"嗤之以鼻的读者看来，或许像"韩老魔"这样"杀伐果断"的主人公，才堪当主人公大任。然而即使如此"成熟"的韩立，亦不免在门派林立、钩心斗角、斗争激烈的修真世界中面临空前的压力。因为这是一个极度强调"唯物"主义的修仙世界：无论是修仙还是修魔，修真功法、心性资质都不是《凡人修仙传》中决定修真者高度的第一要素。对修真者发展起到最大影响的，是外部资源的支撑——包括灵石、灵脉、符箓、炼器、炼丹、布阵、法宝……特别是高端材料，才是决定个人修为、神通乃至于门派强弱的决定性力量。

比如说筑基丹。熟悉修仙网文的读者都知道，筑基只是角色们的第一道关卡，筑基修士几乎也可算是修仙界的底层。作为一种最基本的修真资源，筑基丹的作用仅仅是帮助修真者从最低一级的炼气期向次低一级的筑基期发展，可以说是最最基础的修真资源之一了。按理来说，这种基础资源，应该价值较低、较容易取得，然而《凡人修仙传》中最初一段剧情的矛盾冲突,几乎都是来自于对筑基丹的争夺。作者忘语用了相当的篇幅,说明了哪怕是筑基丹这样一种最为基础的修真资源,在《凡人修仙传》的世界中也是极为罕见的,注定将引起大量腥风血雨的争夺。更重要的是,作者忘语借韩立吃下筑基丹冲击筑基期的一段情节,说明了相比于天赋、心性和在修真领域的相关努力,筑基丹这样直接的资源投入,起到的作用是更加立竿见影的。

因为这些资源在"凡人流"世界中不仅数量固定,而且十分稀少——有限的"修真资源"如此匮乏,以至最初级的筑基丹都引发万人争夺、挑起无数斗争和阴谋。而为什么要这样设定? 这应该是为了让小说的情节有着持续性的冲突:试想,在这样的世界里,主角每前进一步,都要面对来自全世界不知几何的竞争对手,面对不知什么时候就会降临的危机与险境,主角将会时刻处于危难之中——然后冲破难关、战胜敌手。作为"消遣"性质的网络爽文来说,这样的设定当然能带给读者更大的爽感:反正深陷危机的又不是我们,被杀死的也不是我们,那何不只让自己沉浸在这种突破层层难关的爽快当中,并为之喝彩?

当然,这种资源匮乏的极端环境,必然衍生出弱肉强食的丛林法则来,其结果就是造成了一种比现实世界中无政府状态更加糟糕和混乱的状态——在这种极端恶劣的秩序和环境中,"韩老魔"的道德观反而显得熠熠生辉。他除了长生逍遥的终极目标外几乎无欲无求。不嗜杀,不荒淫,既不伪君子,似乎亦非真小人。他有一种"无欲恶徒"的气质,但在严酷、残忍而极恶的"凡人流"世界里,韩立的"恶"又从未触及底线。无论面对怎样的情形,韩立永远古井无波、八风不动,无论何时都保留着行动和算计上的余裕,不热血、不冲动,从全书一开头,就保持了一种高度的理性、谨慎和机警。他仿佛是一部专门用于通关这个以长生为终极关卡的游戏的机器——

但,当然,他也有七情六欲。作者忘语总能在吉光片羽的一些侧面描写里告诉读者,韩立并不是一个超脱了人类的"韩老魔",他和我们还是相同的人类,而不是血肉之躯里装了个中央处理器。或者说,韩立是读者心目中"完成时"的自我,是在严酷生活重压之下可以愤然起身迎接挑战的强者,而且还是能够掌握残酷竞争社会核心规则的高级玩家。换言之,这是一种希望自己也能够时刻冷静、理智、谨慎,并凭借着冷静理智谨慎就能成为人上人的精神寄托。

这种特殊的道德观到底好不好?确实见仁见智,但它是匹配于、适应于《凡人修仙传》中极致化、夸张化的严酷竞争社会的。它固然一定程度上反映了我们社会现实中严酷竞争的一面,但其极致化、夸张化的处理手法,又不免让《凡人修仙传》世界中的这种道德观,与我们的社会现实保持了一定的距离和差异。"凡人流"小说的读者们可以在"凡人流"的预设前提之下接受这种严酷到残忍的道德观念,甚至隐隐为里面的打打杀杀、手刃仇敌、快意恩仇、杀伐果决而感到兴奋不已,过一把在现实中不可能过的瘾,并调侃"天材地宝,有德者居之"。但实际上,作为生活在文明世界里的人,作者忘语和读者自己,又不禁设法使"韩老魔"保持一种,起码高于其所在环境平均线以上的道德观念。

因此韩立对于争夺天材地宝,乃至于"摸尸体"搜寻宝物这样在现实社会中绝对会被斥为丧心病狂的行为毫无心理负担和压力,但他几乎很少主动去抢夺看中的灵丹妙药,而更多处在一种被抢夺、被卷入的地位。这或许证明,即便作者和读者们在理性和逻辑上接受了"凡人流"的道德观念,但在情感上,人们还是希冀在严酷社会竞争的残酷性以外,身为小说主人公,仍然需要保留有人类温情、美好的一面。

从这个意义上说,《凡人修仙传》虽然是玄幻修仙小说,但也带有沉重的现实主义影子。书里"社达"到了极致的世界观,固然为主角提供了"杀伐果断"的重要原因,并抵消了由此带来的道德冲击,但这样的世界,本身就是现实社会一个极致化的缩影。冷酷、精准、无情的韩立,其实是许多读者幻想中的一种形象,一种冷漠却高效的"社达精英"的形象——然而,我们始终是生活在以"文明"维持的社会中的普通人,"社达精英"只是我们一个虚构的幻想,或许在我们心中,那让人软弱却的确美好的真情,也同样是被渴求的。

修真门派掌门路

《修真门派掌门路》：
修仙世界里的艰难创业

　　如果现在有一本科幻小说，写一支人类舰队来到未知星域，开创者们既要对付各种外星怪兽又要与其他舰队斗智斗勇，筚路蓝缕建起一片人类生存与繁衍的沃土，故事情节曲折生动而又悬念迭出，引人入胜，其间穿插着多达百名有血有肉绝不脸谱化的角色演出，这本书想必会成为一代科幻经典，译作20国文字风靡全世界。

　　如果现在有一本奇幻小说，写一个小小领主在大陆上的诸多王国、种族间纵横捭阖，由骑士而男爵，由男爵而子爵，其间数百年多少势力兴亡盛衰，多少英雄豪杰如繁星映照天空，整本书弥漫着史诗般的正剧感，再加上各种神奇的魔法、奇诡的异族、神奇的装备……这本书如果被好莱坞拍成电影系列，大概会拿下几个奥斯卡奖项，票房一再刷新纪录。

　　有一本书有以上所有的特点，但因为它是一部网络小说，而且还是网络小说中最烂大街的修真小说，所以它不但没有获得以上的任何荣誉，反而既被大多数网络小说读者嫌弃"虐主"，又被其他读者嫌弃"意淫"。除了很少一部分铁杆读者外，它几乎一无所有，如果不是那位据说主业是开超市的作者坚持写了下去，恐怕早已夭折。

然而，虽然有着以上的特点，《修真门派掌门路》却确实并非主流网文，因为它不爽——岂止不爽，简直让人闻所未闻：这竟然是一个创业者和他的公司一起共同成长的故事！

纵观网络文学，但凡是玄幻修仙体系，几乎总是个人英雄主义的舞台，毕竟在这样的设定中，人与人之间的力量有着巨大的鸿沟，甚至万人都不可胜一人。而在这样的故事之中，作为主角，若不努力攀至最高点，得享长生逍遥，获得无可匹敌的至高无上的荣誉，又怎配做"主角"？

但《修真门派掌门路》并不遵从这一铁律。

在这个故事中，主角齐休出场时只是一个炼气二层的最低级修道者，既没有颠倒众生的容貌，也没有超越常人的天赋才华，甚至就连他后来恃以纵横白山的智计，也是在成长过程中一点点积攒的。那时的他，只是一个没什么本事的老好人，老实懦弱、随波逐流，只是还有一分坚毅，和对门派的责任感。在门派被灭，新任掌门跑路的当口儿，因缘际会，他成了新任掌门，带着仅剩下的10个老弱病残被发配到了一个鸟不拉屎的地方。

是的，这部虽小众却有口皆碑的小说，竟然是这么一个开头。当读者想当然地以为主角接下来或有奇遇或得奇宝，总之就是会提升自己实力以壮大自己的门派时，作者却真的"斤斤计较"地写起了柴米油盐。不当家不知柴米贵，做一个修真门派的掌门——尤其是书中楚秦门这种弱小到不能再弱的门派掌门——意味着主人公要操心一大堆的破事儿：一门上下吃饭、修炼要花钱，修山门、办住宿要花钱，给门派的希望之星准备丹药要花大钱；跟自己的庇护者要打交道，跟隔壁蛮不讲理的大门派要打交道，跟白山地区四处惹事的流氓散修们也要打交道。自家门里的人要各自分配职级任务，要种药草、养特色水产，还要照顾凡人领民，哪件事做起来都是难上加难。

这哪里像是一部玄幻小说，它没有高歌猛进的个人修为，反倒写尽了作为一个开创者、一个掌门人能有的所有辛酸艰苦。甚至当主角齐休和小伙伴们拼死累活靠着给人养猪（鱼）攒下了第一桶金，本想着小日子可以慢慢走上正轨之时，那个被全门派寄予厚望的修真天才希望之星，竟然还偷偷跑了……

别怪主角跟刘备似的遇到事就爱哭，换成是广大读者遇到这样的事情，还不知道会哭成什么样呢！然而即便如此，就算天塌下来了，日子还得继续过，大不了给人当炮灰冲杀在第一线，甚至冒着杀头的危险帮人隐匿儿童。经过漫长的努力和在生死边缘的挣扎，齐休终于找到了适合自己的修炼方式，一举筑基成功。天可怜见，此时距离故事开场，已经过去了整整一百三十多章。如此坎坷辛酸才不过得以筑基的主角，当真是独此一份。

即便前面已经经过了如此的艰难，本以为主角有了秘籍就能从此升职加薪迎娶白富美一帆风顺走上人生巅峰，谁知道筑基仅仅是一个开始。齐休在这之后终于娶到了老婆，甚至过上了三妻四妾其乐融融的生活，本文的一大毒点正是出于此处：他竟然让一对母女都成了自己的女人！这个时期的齐休可谓春风得意，虽然他的实力放在众多玄幻文中实在太过弱小，可这又岂非许多人曾意淫过的生活？然而，就在转眼之间，他的妻妾、弟子、朋友们老的老死的死，过去的温柔乡蝴蝶梦风流云散，又只剩下主角自己独自苦撑。

炼气修士，寿一百岁；筑基修士，寿两百岁；金丹修士，寿五百岁……这是《修真门派掌门路》中的设定。齐休五十岁时筑基，八十岁时还正值壮年，可他的练气期的一妻三妾已垂垂老矣。待到一百一十岁时，他那些近百年时刻相伴、并肩战斗的妻妾、师弟、门人，皆已纷纷逝去。他虽然痛彻心扉，但没有任何办法，因为这是天地之间最大的规矩，任何人都无法违背。在尝尽人间温柔滋味后，他重新坚定了道心，与自己以往的妻妾和友人诀别，接受了他们只能陪伴他到这里的事实，并且孤身一人——带着那一代一代的后辈们继续走下去。

我曾经在推荐这本书时称它是修真版的《活着》，一方面是因为主角身边的人来了又去，换了一茬又一茬，作者发便当的速度堪比写下《冰与火之歌》的乔治·马丁老爷子，只有主人公始终坚守到如今。另一方面是因为主人公处在一个各种势力盘根错节尔虞我诈的丛林社会里，处在一个各方博弈平衡渐渐被打破的大时代里，纵然这一路上充满了苦痛辛酸和劳累，但所遇到过的那些人、那些事，也都格外的精彩纷呈，甚至充满壮阔景象。

虽然前面诉说了许多齐休与楚秦门所面临的厄境，但这部小说其实并非一味虐主。它并不是那种类似八点档电视剧一样的苦情小说，而是更接近真实世界的正剧——主人公在创业路上有着失败、有着痛苦、有着波折、有着苦恼，但同时也有着一场场辉煌的胜利，以及看着自己的门派逐渐发展壮大的欣慰感。齐休的楚秦门历经数次战火，数次搬迁据点，数次毁灭又重生，到如今已然吞下当年故主成为白山堂堂一小霸。而主角本人从蝼蚁般的小小练气到如今能跟元婴掌门们谈笑风生……回首过去，恍如隔世，读者看着这大时代中的潮起潮落、风云变幻，已经觉得这个楚秦门就像是在虚拟世界里的一个家一样，为它而喜，为它而悲。

而在齐休努力发展壮大门派、提升自己实力，与其他人斗智斗勇甚至钩心斗角之外，《修真门派掌门路》还真正写出了修真世界的宏大和浩渺。尽管主角的活动空间并不大，但是通过各种配角人物的视角以及适当的留白，作者描绘出了一个让人一眼看不到头的大世界。这是一个类似于大航海时代的时代，修真界里的各个超级大宗门正在开拓世界的过程之中，无数的新鲜事物不断涌现，无数的机遇和挑战，乃至这个世界的真实面貌，也在不断出现。现在揭开的只是大幕一角，不知道什么时候才会显露出整个世界的全貌，但是仅仅这一角里面，作者也藏了不知道多少机关与玄机，埋下了多少伏笔，等待着读者跟随着故事的进程去一一发现。每当想到后面该是何等的波澜壮阔，读者又岂会不心生期待？

值得一提的是，这部小说曾经断更长达五年之久，直到即将截稿时才又恢复更新，小说主人公的"大道"也重新展露希望。

道门法则

《道门法则》：
玄幻世界里的"升官图"

　　《道门法则》可能是我近几年看过的，最"独特"的一部仙侠小说。从名字上看，这似乎只是普通的仙侠或修真文，但翻开几章，读者立刻就会发现，在玄幻风格的皮下，实际上是一本"道门（官场）升官记录"。

　　在现代公务员体系底层不断摸滚打爬到处长的赵然，穿越到了一个有着灵草灵药、妖怪灵兽的明朝世界，开始了一段独特的道士生活。他发现自己成了明朝的一个落魄书生，父母双亡，赖以维生的田地还被村霸侵占。而若想摆脱这种处境，摆在赵然和所有人面前的只有两条路：科举当官，或是成为道士。

　　作为读者，我们知道主角肯定会选第二条路——然而在这个世界中，"道士"指的却不是那些我们耳熟能详的，可以腾云驾雾、玄妙斗法、拥有无上神通的神仙，而是那种穿着道袍，在馆阁之中打坐，熟读各种道经，偶尔下山为民众做一些法事的道士——就像是我们历史上记载，现实中处处可见的那种世俗道人——简直和我们的现实没啥两样！

　　之所以会如此，是因为这个世界的官僚机构有两套，一套是朝廷，一套是各地道馆：虽然主要是由朝廷统治，但各类培养和聚拢道士的馆阁同样有着强大的世俗权力。两套世俗机构互帮互助，共同处理和解决问题。而在这两套世俗的权力机构之上，还有可以通过修行道术成为的仙师。

　　仙师有点类似于我们熟悉的那种掌握强大力量的"神仙"，但和那些动辄"长生"、举手投足之间便可毁天灭地的大能不同，即使成了仙师，也仅仅增加几十年的寿命罢了。他们和朝廷、道馆都没有直接的联系，但又对二者有着凌驾于世俗权力之上的压迫力和隐性权力。与此同时，他们作为这个世界中掌握超自然力量的群体，同样也要承担相应的社会责任。在这样的世界观体系下，本书和其他仙侠小说相比，世俗味更多更浓，柴米油盐酱醋茶自不必提，其中的蝇营狗苟和钩心斗角更是明里暗里，毫无"仙家气派"。倘若是目前正在官场上打拼的读者，看到这样的场景，兴许还会觉得亲切几分。

　　从普通人到"仙师"，从朝廷官衙到道门馆阁，都被拘束在一个完整的体系之中，常人自然要每日劳作朝九晚五，但"仙师"除了在力量和寿命上要远远强于普通人外，亦不见得就如我们熟悉的那般"求长生得逍遥"，更像只是一种服务于体制的强大力量。而公务员出身的主角所走的这一条成长之路，活脱脱就是一个玄幻版的"政府部门升职记"，当然，这也正是他"公务员出身"的意义所在。

　　为了让主角赵然更快地重走"公务员升职之路"，作者还安排给了他一个金手指：赵然发现随着他在无极观之中身份地位的变化，从最基础的仆从，到接受度牒成为读经道士，并有资格下山做一些世俗法事，他的修道资质也逐渐改善，从毫无资质达到了足够修炼的水平。被体制约束着的仙师，始终是远远胜于凡人的强者。这个金手指为整本书的主题定下了主要的基调：赵然既要一方面修炼功法，成为仙师，不断精进，他另一方面也要在世俗道馆之中不断地提高身份，掌握足够的道馆权力，以此来换取他的金手指越来越强。

身为公务员穿越者的赵然对于作为世俗权力机构的道馆升职路有着足够的了解和经验，道馆职位的升迁可以给他带来法术实力相应的提升和进步，反过来他又依靠自己的法术水平来为自己换取或者和别人交易足够的好处，来帮助自己提升道馆职位，可谓"靠做官的经验修仙"。这是两条并驾齐驱又相辅相成的"升级"道路，甚至可以说，赵然在个人能力上的"变强"，恐怕只是为了让读者们更能接受他的"官场"升级之路罢了。

当然，这本书的名称是《道门法则》，而非《道门升官记录》。除了讲述主角的故事之外，书中还将古代道教的具体日常、各种职位、具体信息都详细描述写作了一番。除了道馆的世俗权力和历史上有所不同之外，其他的种种设定基本上都是以现实中的道教为原型，每一个具体的道教职位，每一步细致的法事条件和手法，以及其余种种，都是历史上的正经道教需要了解和做到的。从这个方面来说，这本书堪称是一部中国道教文化科普书。

然而,作为一本将"做官"和"修真"结合起来的小说,本应齐头并进,但我们在看的时候能够很明显地看出,作者只擅长写官场,优秀的官场部分精彩绝伦,而真正的修真道门部分乏善可陈,让整本书的阅读体验相当割裂。

从根子上说,这种割裂感跟《道门法则》的基础设定有关系。在这个世界里,统治大明的是道家门派,为什么这么有底气?因为道门里面真的有修真者,真的有神奇道术,甚至隔三岔五都有人真的飞升仙界。然而真正管理这个国度的却不是这些有道法的修真者,而是所谓的"十方丛林"俗道,因为真正的"馆阁"修真者大都不屑于沾染红尘,就像董事会成员们把公司交给没有股权的职业经理人打理一样。他们露面的场合,几乎只剩下对阵佛门的战场。

如此一来,大明立国几百年以后,道门实际上就分裂成了两个并不同心同德的系统:馆阁修士们高高在上不履红尘,而俗道们也渐渐以主人翁自居,忘记了自己在为谁服务。就在这个时候,主人公这个怪胎出现了。他既是拥有道术的修士,又有十方丛林的职务,而且因为他拥有一个另类的"系统"——需要主角通过在十方丛林里"升官"才能逐步解锁道法秘籍——为了让自己修炼得更厉害,主人公不但不能离开俗道的职务,反而还要热衷功名。如此一来,赵然一方面在十方丛林里面是油腻腻的老机关,办事说话完全被机关生态同化,一心算计政敌;另一方面他跟修行者们倒是十分肝胆相照,几乎就是一个我们熟知的修仙文男主角。最有趣的是,小说开头就写了一个姓张的老头儿,按照套路这老头儿必然会是超级大的靠山，但一直写到五百来章，这老头儿都没有再露面，等他实在兜不住了才只好玩儿天降。给人感觉是作者设计布局的能力，不太行。

　　依我的见解，主人公身兼两职的行为本身实际上确实有问题。换算到现代社会相当于什么呢，那就是一个打仗特别厉害的军界新星偏偏还要兼职当一个副县长。实际上主角也在很多地方用自己的修士身份和修真手段帮助自己攫取权力，这种行为怎么看都是大有问题的……

　　因此，《道门法则》这本书，可谓好的方面极好，而不行的地方确实不行。作者有可能在机关工作过，才大笔一挥，将主角打造成这么一位在道场中如鱼得水的"人才"，给他安排了这么一条道路。书中关于十方丛林中的人物形象描写、故事设计都非常出色，从入职到入道，从提干到办会，甚至"双规"都写得精彩纷呈，不光让读者们恍然间有种"这个情节/套路我好像真的见过"的亲切感，而且还能贴合道门中人的身份，非常难得。特别是赵然利用杜腾会跳票干掉景致摩一节，环环相扣，让熟知机关生态的人简直看得热血沸腾，拍案叫绝。

　　然而除去官场的其他部分，尽管能看得出来作者也在很努力地写，甚至很努力地加入了一些读者喜闻乐见的小白文套路，但是跟本书精髓的官场生态描写相比，确实少了不少惊艳的感觉。在我的记忆当中，赵然在西夏炒股算是非常爽文，而他谈恋爱的桥段则极为别扭，而且居然还跟做梦一样就推了女主，实在让我理解不能。但是话说回来，如果每一章都是紧张激烈的官场互怼,缺少了简单有趣的日常,那作者肯定也只能抓耳挠腮,冥思苦想,最后不得不写成一周一更。或许,对于本书的读者来说,这才是更不愿接受的。

修真四万年

《修真四万年》：
大气磅礴的宇宙科幻史诗

　　最早读这本书的时候，我是拒绝的，因为它的开头写得极为庸俗。尽管作者描写了一个"以修真代科技"的现代化修真世界，但无论是热血有余的穿越者主人公、巨大的"金手指"还是"被恶少欺辱后愤而打脸"的情节，都很像是一本最典型的小白文。如果不是一位十分信任的朋友强烈推荐，我肯定会看完前 5 章就弃书，并将错过这部包罗万象的科幻史诗。

　　很多人在看《修真四万年》之前，或许都会提一个问题："跳过多少比较合适？"而绝大多数读者都会这样回答："直接跳到 110 章。"

　　第一次让我对这本书刮目相看，也正是在这里：主角李耀在"高考"之后，乘坐列车去上大学，在路途中遭遇到了危险的"兽潮"。铺天盖地的妖兽向乘客们袭来，在这千钧一发之际，列车上的"修真者"们主动站了出来，拼尽全力保护普通人，浴血奋战直至牺牲生命。这是一段写得极为动人的情节，作者也第一次诠释了"修真"的内涵：修的是人性的至真，探究的是世界的本源。"正因为我们是实力强横的修真者,所以危机来临时,才要挺身而出。修真界有一句话,想必你也听过——强者的鲜血,要为弱者而流。"

修真者是守护人类文明的雪亮战刀,他们不仅是拥有"超能力"的战斗超人,更是整个人类社会最精英的群体。研究型的修真者可以发明创造出崭新的法宝用具,管理型的修真者可以为整个团队制订详细入微的计划方案,文艺型的修真者则可以用自己的作品鼓舞全民精神。但是当危难来临的时候,他们都只有一个身份,那就是"英雄"——化身为保护民众、在最前线浴血奋战的英雄。

我愿意生造一个词——"修真朋克",来形容这本书。这倒并不是因为书中的设定本身有多新奇独到,而在于作者真正将"修真"这个理念渗透进了一个文明社会的方方面面,让读者觉得,如果一个文明以修真为基础,那它就应该是这个样子。而这还远远不是作者的目的,他的野心不但体现在"修真为壳,科幻为骨"的表象上,更体现在一个完整的社会里,人民会有如何的精神风貌、所作所为,以及这个社会将会走向何方。

在第一卷的结尾,主角李耀为了履行修真者的职责、守护自己的家园,与"骸骨龙魔"同归于尽,却又阴差阳错进入了太空中的另一个世界,他也由此开启了自己的文明探险之旅。每到一处,李耀都会遇到崭新的文明和多样的社会形态,这些灿烂的文明每一个都是那样的不同,神奇无比、光怪陆离,但看上去又似乎是那样的真实可信。

直到现在,读者方才确信,在"修仙"的表皮、粗糙的文笔和小白的写法之下，这居然也是一部科幻小说，它有着种种脱胎于科幻创意的情节设定：乘坐陨石跨越星系界壁的"血纹族"在进化途中抛弃了所有的实体，把遗传信息藏在了纹身图案中与人类共生；巨行星上大气层内波动的能量，与太空中游离的微粒结合成了神奇的闪电生命；太空中流浪的末日孤舰上，人性在极限环境下渐渐堕入黑暗……这一切都让人想起同样描写了许多个独特而又多姿多彩的宇宙文明的《异常生物见闻录》，但与其不同的是，《修真四万年》的作者所隐含的野心更大。在描绘一个个独立文明的同时，他还尝试着探讨在这样的文明背景下将会催生出怎样的社会结构，这样的社会结构又将导致怎样的结果？

在"飞星界"，毁灭性的"洪潮"灾难来袭时，一部分人类逃离行星形成了星舰文明，而无法逃走的人类只能硬着头皮迎击灾难并进化出了适应能力，上千年之后，形成了同源而生却又相互憎恨的两种文明；在等级严苛的"血妖界"，普通的妖族只能作为战争的炮灰，而站在食物链顶端的是"银血妖族"，尽管拥有顶级生化技术，却在多年穷奢极欲的消耗下无力维持……而各大修真门派却还在为一点儿蝇头小利死斗不休……

而在星海中央，由自私自利的"修仙者"所建立的"真人类帝国"崇尚赤裸裸的欲望，最终因为每个人都只顾个人私欲而分崩离析；与真人类帝国遥遥相对，圣约同盟的民众被灌输了人人绝对平等的理念，被剥夺了所有欲望，最终都变成了智能生命的血肉傀儡。在作者那"白得让人无可奈何"的行文之中，我们可以从书中找到几乎所有人类历史上的社会组织形态和思潮，也能从作者架构的一个又一个"文明实验"中找到它们的归处，这实在是不得不让人心生惊叹。

而这些文明的进程、冲突的迸发与斗争的历史，也不仅仅只是一个个设定，而是真实得近在眼前。小说用大量篇幅描绘了形态各异、针锋相对的意识形态，书中每一名反派都有自己秉承的"大道"，甚至可以口灿莲花，把作为读者的我们说得头晕目眩、道心失守，在恍惚间即将承认对方说的似乎当真是那无上阵法。毕竟那听上去实在太有道理，令人无法反驳——但是主角李耀却总是能在这个时刻，以自己最纯真的自由意志和对普世价值的坚守，坚定地继续坚持自己的"道"。

在这个"吃人流""猥琐流"在网文中大行其道的时代，走过宇宙中的无数世界、接触了无数文明、体会过无数种历史进程、倾听过无数种见解与思考，却仍然永远淳厚无邪、永葆赤子之心的李耀，永远都会以卓绝的勇气向邪恶的强权挥出军刀，无论那听上去多有道理，并且多为现实——无论见证过多少文明的兴衰，这才是本书最让人震撼的地方！作者卧牛真人对《三体》系列推崇备至，但是他所写小说的基调却恰好和《三体》中的"黑暗森林"理论背道而驰，它是在一片黑暗中振聋发聩的赫赫强音："即便宇宙真是一片黑暗森林，我们也可以选择是堕入黑暗，还是成为一片小小的火花，搏那亿万分之一，熊熊燃烧的机会。所谓修真的意义，不正是如此吗？"

而能写下如此广阔的背景、如此名为修仙实则科幻的作者，自然也是一个科幻题材作品的忠实粉丝。在接受访谈的时候，作者坦言原本的初衷只是单纯"想要恶搞一番"，但他在创作的过程中渐渐生成了很多很多新的想法，而这亦是受到不少著名科幻作家的影响。而作者也在文中加入了许多彩蛋，比如飞星界有一座可以把星球所在的宇宙坐标射入太空的装置，建造者名叫"柳刺星"，正好就是"刘慈欣"的谐音；又比如说星盗之王白老大的座舰叫"不锈钢老鼠号"，无疑是向经典科幻小说《不锈钢老鼠历险记》致敬。写到后面，作者还仿照阿西莫夫的机器人三定律搞出来一个"人类三大本源法则"，喜欢科幻的读者看到这里时一定可以会心一笑。

最有趣的是，临近读完之时，我们发现作者竟然在结尾处耍出了一个叙述性诡计，宛如庄周梦蝶之时，不知是庄周梦蝶，抑或是蝶梦庄周；是人生如梦，还是梦如人生？

瑰丽的星辰大海、数不尽的文明世界、道不尽的社会模型进程……《修真四万年》的想象与世界汪洋肆意，然而即便是它最为忠实的读者，也只能承认它在行文上的粗糙与小白。可是，然而，当合上书页，那些也曾让我们为之叫绝的、精巧的人物塑造、情节设计、语感分寸，都仿佛渐渐模糊在了回忆之中，唯有这庞然的气魄、雄浑的想象，以及那壮阔得让人眼前豁然开朗的世界，即便时过境迁，那带来的冲击，却依然在我们的胸中回荡。或许，这正是这类作品所独有的气质与魅力。

庆余年

《庆余年》：
把一锅普通食材做成大餐

　　2019 年初，改编自猫腻的小说《庆余年》的电视剧上映，立刻引起一片大好反响。在这个男频 IP 改编大部分都遭遇滑铁卢的时候，这样的消息无疑为各大改编企划注入了一剂强心针。而要说为什么这部剧偏偏能如此红火，或许还得说是得益于原作的设定和故事。

　　《庆余年》实际上是一部年代稍早的小说，开始连载的时候还是在 2007 年。那时候猫腻还没有成为一代大神，其网文里大量充斥着的还是"穿越"题材——现代人"穿越"到古代，依靠自己对现代工业和科技的认知或对文学作品的记忆"走上人生巅峰"；或是因自己被现代所熏陶出的"人人平等"思想而笼络大批忠心下属，掀起革命的热潮。这在那个年代，几乎是颠扑不破的经典套路。

　　刚开始看《庆余年》，仿佛依旧是一模一样的套路。在现代因为患有重症而几乎从未下床行走过的男主角穿越至一个从未有过的国度"庆国"，成了户部侍郎范建的"私生子"。他从小被养在乡下，而被接回京中后，却发现自己的身份并非当真如此普通，阴谋和敌人也在接踵而至。而与此同时，他大肆抄袭各类文学作品，成了所有人眼里的"文学大家"，并依靠这个身份获得了许多方便——

非常普通的套路，在无数网络小说中并无亮眼之处，除了范闲有一个多年来都容貌不改的"叔叔"五竹，还有一个曾在数十年前震惊天下、近乎真正立于世界之巅的母亲叶轻眉。

所谓"穿越"要么是为了给主角一个能以现代人眼光看待世界、方便读者代入的身份，要么就是为了让主人公获得现代的知识，归根到底，就是为了让主人公得到便利，方便去"爽"。

刚开始看《庆余年》，读者很容易就会觉得这也是一篇"爽文"，毕竟它的确有着爽文的一切要素。然而，当范闲第一次来到监察院，看到立于监察院门前的碑文，这个故事却悄然发生了重大的改变。直到看完全部，回首当初，读者才会恍然大悟：原来在"爽"的表皮之下，《庆余年》其实是一个相当悲剧的故事——这是一个背叛理想、让理想主义者死亡的悲剧。

男主角范闲是穿越而来，而他的母亲叶轻眉，也同样是穿越而来。若不是范闲出生当夜叶轻眉遇刺身亡，他们或许才是这个世界上唯一的知己。范闲抄袭经典文学作品，成为一代"诗仙"，读者们本就已经觉得离谱，然而实际上叶轻眉的所作所为却更加惊世骇俗：她一手造就了如今的四大宗师，甚至亲手奠定了庆国世上第一强国的地位！她带去了绝世的武艺，发展出了远超当时水平的科技文明，扶持庆国皇帝登上皇位，拥有着横跨南北的庞大商业帝国，并创办了威震天下的庆国监察院:"我希望庆国的人民都能成为不羁之民。受到他人虐待时有不屈服之心,受到灾恶侵袭时有不受挫折之心;若有不正之事时,有不恐惧修正之心;不向豺虎献媚……我希望庆国的国民,每一位都能成为王;都能成为统治被称为"自己"这块领土的,独一无二的王。"

这是出自《十二国记》的名言,而此时被叶轻眉用作监察院的碑文,其中含义不言而喻。在封建时代,这样的话仿佛一记"大逆不道"的惊雷,却能如此堂而皇之地出现在那个世界上最强力的政府机关之上,足以证明叶轻眉那跨越时代、超越世间的影响力。跟光彩照人的叶轻眉相比,她的儿子范闲失色许多。但是,在那个世界里,只有同样来自现代的他能够在精神层面读懂她,知道她给那个世界留下的到底是怎样一笔财富——与自由与公正精神相比,那个横跨南北东西的商业帝国简直不值一提。

然而这一切,都已经轰然倒塌了。

在《庆余年》中的世界里,有近似于中国古代的皇朝体制和南北两国对峙,也有现实中并不存在的武功和秘术,书中拥有强横个人武力的"大宗师"们甚至可以对抗一整支军队。另一方面,第一代穿越者、现代理科博士叶轻眉给那个世界带去了肥皂、玻璃、水泥等现代发明创造,狙击步枪这一大规模杀伤性武器以及陈萍萍执掌的"监察院"这一极具现代风格的监察机构。书中有两条主线,明线是男主人公范闲所经历的"现实",而暗线则是其母亲叶轻眉所经历的"历史"。一明一暗两条线并行,把古代制度、现代消费品以及奇怪的玄幻画风拼接到了一起。

如果只看表面,不往深处去想,《庆余年》的确是一部完全的爽文。但是如果我们挖开覆盖在表层的笑料百出,把整个故事连缀起来读,就会发现,这又是一场极具古希腊悲剧韵味的英雄之殇。

范闲以婴儿的形态去到那个世界的时候,也正是叶轻眉被谋杀的时候。

小说讲述了范闲从无名小卒到朝中重臣再到幕后掌控朝局的全过程,但其中的暗线却是作为监察院提司的范闲走遍整个天下,遇见了无数曾与叶轻眉打过交道的人,一点一点从他们的口中获知自己母亲曾经的丰功伟绩,以及这一切又是为何会风流云散,她本人也遇害身亡的。最终,他人讲述的碎片逐渐拼出当年那个黑暗阴谋的全貌——那个让人毛骨悚然而又理所应当的真相:杀害叶轻眉的人正是现在的庆国皇帝,也正是范闲的父亲。

叶轻眉用真诚朴拙的态度对待每一个跟她在一起的人,不在乎他们的身份高低贵贱。即使她一手扶助原本毫无希望的皇子登上至尊宝座,创建了整个国度都享受其利的垄断企业之后,她也始终把自己当成一个普通人看待,把身边的所有人都当成朋友和亲人。也正因如此,四大宗师都对她由衷佩服,而当年曾一起让庆国成为如今霸主的那些老朋友,也都将她深深地记在脑海之中。

然而叶轻眉一心一意想要让世间万民都拥有自由与公

正，她亲手扶上皇位的那个人却在内心深处视她为自己最大的敌人。庆帝在享受过权力的美妙滋味以后，就必然再不会容忍其他人与他分享权力，更无法容忍自己的臣民和他一样是有自尊的人。所以他表面上爱叶轻眉到了极致，实际上暗藏的却是自私与冷酷。与此同时，除了陈萍萍和范建等少数人之外，绝大多数民众也理解不了叶轻眉的所作所为，宁愿继续沉沦在皇权威逼之下。叶轻眉固然超凡脱俗，但也因为她太过超越时代，因此这个时代才狠狠地背叛了她——因此，当了解到当年的所有真相之后，范闲说出——"是这个世界辜负了她！"

这正是这个故事的悲剧内核。综观叶轻眉的所作所为，她都是穿越者中的佼佼者，更难得的是她还身怀正义平等之心。然而在封建社会的皇权之下，善良坚定的脱俗之人依旧命丧冷酷的爱人之手。她曾经所缔造的监察院本该平等而公正，却沦为了皇帝手中巩固地位、打击异己的私兵。叶轻眉的死让曾经追随庆帝的那些人彻底心灰意冷，让原本有望进步的庆国重新回到了"历史的周期律"之中，也让她刻在监察院门外的石碑碑文彻底蒙尘。悲剧之美是文学艺术中最容易让读者铭记的，而叶轻眉的一生毫无疑问是一场闪耀着崇高和壮丽的悲剧，它如同一曲苍凉的悲歌，又像是一道曾照亮天际的闪电，留下了永久的回响。当读到此处，即便早有预料，又有谁不为这样的现实而感到悲哀？

然而，如果故事仅仅结束在这里，那就不是猫腻所写出的故事了。

这道曾照亮天际的闪电不仅在读者心中留下永久的回响，更在书中角色心中留下了更永久、更深刻的回响。曾站起来过的人即便再次跪下，也绝不可能忘却那曾经看见过的光辉。于是在掀开真相后的沉重帷幕之后，在被拥护至至高无上的皇权之下，那些曾经因叶轻眉而得以见证过自由与平等、公正与正义的老朋友，仍在苦苦等候一个时机——一个为昔日的光辉报仇的时机。

时光流转，当范闲长大，拥有足以自保的能力，这个时机终于到来。不知有多少人为叶轻眉给老朋友们留下的最后遗产而动容，又有多少人为他们拼尽全力的最后一搏而震撼至哀痛。事实上，在那样的封建时代，即便庆帝最后因当年确保自己登上皇位的狙击枪而死，命丧第二位穿越者范闲之手，那曾经被掀开过的一角当真能再度打开吗？而当那样的时代终于来临，此时此刻拼尽全力的各位之中，又有多少人能当真看见呢？

又或许，其实那都已经不重要了。他们不惜牺牲任何代价地报仇，只是为了他们当年的理想，和为他们带来了理想的叶轻眉而已。

毕竟这个故事虽然已经以这样的方式结束，然而属于书中人的路，还很长很长。而在书页之外，属于范闲、属于下一代的故事，也仍将继续。我们只能祈愿，那将是一个不负理想的故事。

一世之尊

《一世之尊》：
恢宏庞大的神话杂烩

　　《诡秘之主》的爆红，让其作者爱潜水的乌贼坐稳了一线白金大神的位置，也让他以前的作品被诸多读者重新翻了出来。在等更期间，我重温了一把乌贼以前写下的《一世之尊》，不得不说，这次的重温让我发现乌贼那强悍的大纲能力、他的"老千层饼"写法，在这个时候都已经非常成熟了。而有趣的是，不同于他所写的西幻，从《灭运图录》到《一世之尊》，他在写玄幻文的时候，世界观似乎都会更为宏大，也更有一种特别的气质显露。如果我要为其命名，那么那或许就是——心气。

　　除了《武道宗师》，乌贼写的每一部小说都是穿越，然而每一次他都喜欢在"穿越"这个设定上大做文章。如果说刚开始的时候他还比较青涩，那么在《一世之尊》中，他便已经为此打造了一个恢宏庞大的体系——但在最开始，我们仍然不过以为这只是很普通的一次穿越，正如那众多的穿越小说一样。

　　故事刚开始，我们便和主角一样，还没搞清楚状况就已经得悉了一个噩耗：穿越成了一位富家少爷的孟奇，竟然被送进了少林寺剃度出家！惨遭剃发的孟奇暗自决定一定要还俗，毕竟头可断血可流而肉绝不能少。但他却发现这个少林寺和自己想象中的不太一样，而前辈师叔所描绘的精彩世界也让人心生向往。当我们以为这只是一部普通的玄幻升级流大长篇时，孟奇却忽然被拉入了无限轮回空间——这也正是"六道轮回之主"为主角提供的超级金手指：通过进入一个个副本世界，孟奇可以快速成长，甚至还可以借此在打不过的敌人手下迅速逃生，在副本里升级完毕后再打回去。

非常强大又非常正常的一个"外挂"。从作品本身来看，它可以在主线之外又写出许许多多独立的小故事，增强趣味性；对故事而言，它又能让主角飞速成长、绝地翻盘，达成"爽文"的目的，就如同千千万万个老爷爷、随身空间、时刻准备着让人捡到的九阳真经一样，可谓是"爽文"的标准搭配——

然而这一切是出现在乌贼的书中，便已经在读者心中敲响了警钟。

如果说《一世之尊》和乌贼其他小说最大的不同之处，或许还要算是孟奇。孟奇的一大爱好乃是"人前显圣"，俗称，装逼。作为一个从小看武侠小说长大的二十一世纪青年，他最向往的当然是白衣飘飘的绝世剑客形象，然而现实所赋予他的，却是少林寺的出身和"阿难破戒刀法"。于是每当孟奇想打造"剑客"形象，都要满腹怨念地拿起戒刀、打开金身，冲上前线奋勇砍人；当他幻想自己挥一挥衣袖潇洒自如的风采，却猛然发觉自己已经是"莽金刚"。这样的反差让读者快乐不已，简直是"本章里说弥漫着快活的气氛"。与此同时，孟奇跳脱活跃、话唠逗趣,还偶尔犯傻,与总是看上去"智珠在握"的石轩(《灭运图录》主人公)和路西恩(《奥术神座》主人公)相比,看着要更为可亲。

在这个时候,仿佛一切都是可爱的、有趣的。即便是一些挫折、一些困难,也都难不倒孟奇等人——要知道为了让孟奇稳操胜券,六道轮回之主甚至还给了孟奇一张"轮回符"! 一般无限流的主神或是系统都会带给主角极强的帮助,但像这一卷的六道轮回之主那样,几乎是千方百计地帮助主人公去成长去变强的"智能型主神",却似乎真的不多。与此同时,雷神印记和霸王的传说、孟奇的杀手锏"阿难破戒刀法",就像丝丝缕缕的蛛丝把主人公包裹得越来越紧。轮回空间给了主人公几乎一切,甚至救了他不止一次命,但也像是毒瘾一样,让主角被控制得越来越紧密了。

毕竟——世上当真会有这样无私的照拂吗?

这同样是孟奇的疑惑,然而接踵而至的种种来敌让他无暇他顾。随着故事进展,孟奇一路战斗。我们几乎像是走进了一个"玄幻版江湖"中,看到快意恩仇,看到拔剑一怒,看到飞扬意气,看到"剿灭山贼,围杀邪魔,为了某个遗迹出生入死。也曾楼外楼醉过酒,也曾天字一号赌坊赢过钱,也曾披星戴月,急赶三千里;也曾为了某个承诺,赴汤蹈火在所不惜"。

而副本的风格也摇身一变,原本的主角单人游戏迅速变成了群像争辉,原本简单的副本到这里变得繁复。而在这千头万绪之中,故事的脉络却依然清晰分明,一个个主要人物逐渐变得丰满厚实、有血有肉、活灵活现。如此广阔的天地,如此壮丽的山河,如此的快意人生,如何不让读者心生向往,只想看到他们一路高歌猛进,直到——

敌人的强大、同伴的惨死、世界那在亮丽帷幕下的一角冰冷黑暗浮现。西游副本中,前面一直遮遮掩掩的主线剧情终于开始浮出水面,宏大到难以想象的世界观揭开了一角。原本嘻嘻哈哈就能碾压过去的轮回世界,一下子变得恐怖至极,在我们和孟奇等人都以为仍可以像以前那样轻松踏过的时候,这个副本却带给了我们所有人超出预料的惨烈。孟奇震慑于同伴的惨死、"外景"高手的强大,更震撼于自己在这深重黑暗中窥得的一角:怎会如此,为何如此?

当你意气风发、有着层出不穷的奇遇、一路突飞猛进的时候,你可曾想过,为何是你拥有如此幸运的光环?

孟奇通过昊天镜想要照见自己在诸天万界的投影,谁知所有的投影都只有一个身份,他这才明白其实自己是一条正在被别人垂钓中的鱼。这几乎能算是世界对主角最大的恶意:自己的全部人生都被看不见的人操控,自以为是靠自己努力争来的一切都只是投喂的饵食。命运赐予的幸运,背后藏着他付不起的价码,得到的眷顾越多,需要偿还的因果也就越多。鱼被人养肥以后,命运就是被吃掉。

"我是谁,我从哪里来,我将要去向何方?"这三个问题重重砸在所有人的身上,让他们迷茫、彷徨、痛苦,但最终,他们都做出了自己的决定——齐正言坚定信念、悍然入魔,势要改变这个由世家和门派把持的武道世界和它们固化的阶级统治。他向孟奇说出自己的理想,让自嘲"小布尔乔亚"的孟奇哑口无言。孟奇昔日曾无语于自己"莽金刚"的名号,然而他枯槁如灰十年,最终砍出那至刚至阳、至情至性的一刀,发出"我这一生,不问前尘;我这一生,不求来世"的怒吼。虽"莽",却也正是因为有着一往无前的绝大勇气;正是因为有着这样的勇气,他才敢于面对诸天神佛,选择了和他们完全不同的道路。

上古有诸多大能彼岸,因此生无法超脱,便言再修来世。为此他们留下种种手段:鱼、道标、转世身,诸如此类。待到时机成熟,大能便泯灭其灵智、夺去他们的修为与肉身,让自己得以重来。

然而倘若今生不成便求来世,靠谋夺他人之身而苟活,无一往无前之坚决、置之死地而后生的勇气,又谈何修成正果?"总看着后路,如何照见前方?"

人定胜天、一往无前,或许正是《一世之尊》的深刻注脚。若说乌贼的第一部作品《灭运图录》中每一位修真者"求道纵死心如铁"已经足够让人心折,那么《一世之尊》则更为决绝、更为坚定。它的笔锋指向"转世"的设定,而立足于"自我"的基调——正如亦正亦邪的顾小桑因不愿受幕后之人控制而奋力一搏仍失败,最终心有不甘而留下的那句"我挣扎过,我输了";正如同样吼出"俺老孙这一生,不修来世"的大圣;也正如那不知多少个逍遥自在、有着亲朋好友、却不想自己仅仅是一尾"鱼"的生灵——

"我"之所以为"我",正是因为"我"的所经所过、所思所想,正是因为"我"的独一无二。大能们为之疯狂乃至病态的转世,实际上正是剥夺了另一个"我"的自我而只为自己得以继续苟活。然而彼岸之下皆为蝼蚁,纵然彼岸之下皆为蝼蚁——蝼蚁尚且偷生,何况人乎?当得知自己一生不过他人手上的提线木偶,又有几个能当真认命,而非奋力一搏?

因此即便要面对翻手为云覆手为雨甚至能随意篡改历史抽离历史的"彼岸",即便"天意自古高难问",又岂能当真坐以待毙?从那个性子跳脱总爱胡思乱想的小孩,从那个原本满心想着当"剑客"却为成了"莽金刚"而郁闷不已的少年,直到如今竟然真的争得了一线生机、登临彼岸,真是让读者长吁一口气,只觉得恍如隔世。

不过虽然《一世之尊》在我眼里要比初出茅庐的《灭运图录》布局更为纯熟,在立意上也更进一步,但在最后的彼岸交手上仍然太过玄乎,在读者眼里真是高到不知道哪里去了,简直都快要云里雾里拎不清楚。这似乎也是乌贼特别喜欢写的最后大战中的手法。不过无论如何,乌贼的书出了一本又一本,他的进步我们也有目共睹。未来他还能展现怎样的奇思妙想、写出怎样的世界?对比,我还是十分期待的。

异常生物见闻录

《异常生物见闻录》：
带萌萌的魔物去看星辰大海

　　每一次给人推荐远瞳的《异常生物见闻录》，我都要提前强调好多次："请一定要挺过开头。"因为它的前 150 章几乎都是铺垫，很容易就被当成一个废柴主角和一群奇幻世界里的魔物娘生活在一起、没有主线内容的傻白甜日常轻小说，甚至还会怀疑带一点儿后宫情节。尽管我们确实能看到许多日漫中熟悉的人设，比如没有一技之长的废柴房东郝仁，比如神秘冷艳的吸血鬼少女，比如神经错乱不着调的搞笑创世女神"渡鸦 12345"。但是请相信我的节操，这真的是一部数百万字的科幻巨著，甚至其阅读快感并不亚于许多我们熟悉的科幻杰作。

　　普普通通的小市民郝仁常年靠出租维持生计，在一个炎热的夏季，他迎来了两位女性租客，与以前不同的是，这两位一位是狼人（其实不是），而另一位是吸血鬼（其实也不是）。与此同时，他还获得了一份工作——担任本宇宙神明渡鸦 12345 手下的审查官——给神打工！

　　在作者远瞳的第一部小说《希灵帝国》中，有一整套关于宇宙神系的世界观设定,这套神系十分宏大复杂且精微神妙,而本书讲的故事实际上也是这一体系下的一小部分而已。但是读者并不需要去专门了解这套作者自创的神话体系,只需要知道它发生在两个毗邻的平行宇宙中就可以了。

作为"神族"的希灵帝国向世界批发大量希灵系神明,他们管理宇宙,保护宇宙,以及向深渊开战,让世界免于被深渊湮灭。渡鸦12345是本宇宙的(代班)神明,她告知郝仁,在这个宇宙旁还有一个被她们称为"梦位面"的宇宙,这个宇宙在若干年前一头撞上了本世界并粘在上面,造成了边界的不稳定,长此以往,两个世界都有覆灭的危险。而郝仁作为新任审查官,所需要处理的,便是梦位面的相关事宜。

常人一辈子在地面上庸庸碌碌,即便曾仰望星空,所见顶多也不过几颗寥落的光点,无法对内心造成多大的触动。然而前二十五年都这般度过的郝仁从此走上了不一样的人生道路,波澜壮阔的星辰大海就此在他的人生中展开。他一路收集小伙伴,驾驶着飞船在茫茫宇宙中穿梭,去找寻一个个失落的踪迹。

开场的150多章可以看作是《西游记》中开始西游之前的准备工作,作者费尽心思搭建了一个充满奇妙人物或者说"异常生物"的主角团,之后就开始了在"梦位面"这一平行宇宙中的穿梭旅行。在这个创世女神发了疯的世界里,各种神奇璀璨的文明遭受到灭顶之灾。而主角团的任务,就是尽最大的努力帮助这些文明存活下去,或者为它们收尸。

在本文的设定里，虚空中有无数宇宙，宇宙中有无数星辰。小小的生灵个体之于星球不过沧海一粟，在太空中运转的星球之于宇宙不过一粒微尘，而宇宙之于虚空亦无非数不胜数之中的一个。世界如此广阔，生灵如此渺小，只因所创造的一个个文明而独一无二、被人铭记。但即便是这承载着无数代荣辱兴衰、无数人悲欢离合的文明，依然如此的脆弱，禁不起宇宙中的一次小小意外——仅仅一次微不足道的意外。

就如主角团队在一次探索中遇到了一个魔法技术十分发达的精灵文明，这个文明已经掌握了远超地球级别的宇航技术和材料生产工艺，下一步即将走向星辰大海——

然而对不起，"艾瑞姆是他们所处的恒星系中唯一一颗行星。而他们的恒星系距离最近的实体天体有六千万光年之遥。在这六千万光年之遥的茫茫旅程中，只有一片荒芜，以及几堆恒星坍塌之后留下的、毫无用处的灼热余烬"。他们的母星存在于一个世界的角落里，距离他们最近的一颗恒星也有六千万光年。至少在可见的未来，以他们的资源储备飞不过去。于是他们只能眼睁睁看着自己被困在资源越用越少的母星上，把自己能掌控的物资全部都利用起来，在坐困愁城中竭尽全力地活着，近乎苟延残喘。

这个故事被誉为本书"封神的起点"。在这个时刻，读者才意识到这或许并不是一本普通的"宅向后宫文"，主人公郝仁也才意识到自己身为"希灵审查官"，肩上所背负的是何等的职责：那是于无穷宇宙中穿梭，去竭力保卫一个个文明、延续一个个文明，以及为一个个文明收尸的重担。"百分之八十灭绝的文明在临终前都会有类似的愿望,'留下自己的信息'是智慧生物的某种本能。"在审查官们的手上,一件件大大小小的文明最后遗物,构成了对那些已死文明最后的纪念。

郝仁等人的探索从梦位面的一颗被他们命名为"霍尔莱塔"的小小星球上开始,他们渐渐发现了地球上诸多异类的来源,并以此为起点,逐渐探索这个广阔宇宙中的其余星球,以及那场万年前的弑神战争中的秘密。在这漫长的探索中,他们看到了一颗颗变得一片荒芜的星球,收集了一个个陨落的文明纪念碑,以及那些仅存的文明火种——

在亿万年前的长子天灾中幸存下来的霍尔莱塔可谓是梦位面最为幸运的存在。梦位面中覆灭的星球与文明不计其数,曾经用无数个千万年、由无数代生灵摸索发展而来的文明曾如此闪耀,那些渺小如尘埃却能仰望星空的小小生命,也曾如此地对未知充满好奇,并向星空伸出稚嫩的双手。然而亿万年过去,文明的残骸在冰冷的太空中等待后人的发掘,侥幸生存下来的后人大多已失去了昔日的传承,更多的是不曾留下一丝一毫的往日痕迹。

但即便是这样,这个世界并非完全是死寂一片,秩序与混乱的战争依旧未曾停歇。忠于女神与秩序的军队仍在维持防线,为了昔日恩赐与田园时代的典狱官仍在寂静的牢笼中坚守,而那些弱小的、对他们面对何物毫不知情的、一次次地在与混沌的作战中失败又站起的凡人,即便亿万年光阴已过,文明传承失落,无数代人因此而死又因此而生,也同样不曾退却。

神灵于虚空之中征战,背负宇宙的兴衰存亡,保护一个又一个的秩序所在,是因为神爱世人,不愿意看到文明灭亡。

而凡人用无数生命堆积出防线,拼尽全力去迎战命运,对降临到头上的灭顶之灾发起进攻,是因为他们的背后就是家园、传承,以及一切。

本文既然名为《异常生物见闻录》,当然就有无数的(异常)生物出现。而伴随着这些或逗乐或正经但总之就很异常的生物的,是它们背后也曾波澜壮阔的一生,是无数个等待发掘的秘密,是对宇宙的探索之心,是对家园的坚守乃至不惜灰飞烟灭。

阅读的过程中,我们可以明显看到这本书的很多桥段都受到了经典科幻小说的影响,其中有对"流浪地球"的致敬,也有的让人想起《索拉里斯星》。但作者绝非单纯地"偷梗",他是在这些桥段基础之上加上自己的创见,写出了一幅让人热血沸腾的大宇宙图景。尽管作者从头到尾都在试图把氛围调成欢乐逗笑风格,但实际上本书仍然充满了生离死别的文明毁灭史。主人公团的每次行程,最重要的任务都是给一个文明收尸。看着一个个曾经辉煌的文明尘归尘土归土,总是让人怅然无语。

作为全书的绝对主人公,以及串联全书的最大线索与伏笔,主人公团队无疑是将这个世界从混沌的泥沼中解脱出来的功臣。然而在这之前,已经有无数的半神与凡人为他们的命运奋斗了一万年,无数生命化为飞灰,又有无数生命诞生,接过祖辈的武器,继续作战。而郝仁团队,似乎更是在提供一个观察的视角，去目睹这一幕惨烈悲壮却始终心怀一线希望的战争，并让这持续了一万年的付出与牺牲得到应有的结局。漫长的黑暗过去，曙光终于来临，伤痕终究会被时间抚平，而发自内心的坚守本就无需回报。曾经的田园时代已经荒芜，但新的生机亦已开始播种。

《异常生物见闻录》并不是传统意义上的科幻小说，它更加接近欧美"Science Fiction"的概念，融合了大量古典神话和奇幻元素，希腊诸神、北欧神明在小说中也以不同的形态出场。尽管如此，我还是愿意将其称为网络小说中不朽的科幻经典，因为它写出了宇宙的宏大和文明的浩渺孤寂，让人在思索的同时充满感动。星辰大海，不仅只是浪漫，更是智慧种族终会展开探索的未知之地，以及文明终会触及延展的无尽空间。

万年之前，神明陨落；繁华田园，一朝荒芜。文明倾覆，传承断绝；生灵涂炭，故土难返。然而火种不灭，终将再度燎原；生命不息，斗争亦不会停止。倘若已无退路，那也只能继续向前。

如果宇宙注定终会消亡，文明亦终会终结，那么为何我们仍然要奋勇战斗？

也许是因为，这个世界，我曾来过，我曾见过，我曾留下过我的足迹与爱恨；而我的一切，我所熟知的一切，也仅仅保存在这个世界上吧。

仰望星空，乍见苍穹。

死在火星上

《死在火星上》：
浪漫的绝境求生之旅

    读网文这么多年以来，我还是第一次看到一上来就往读者脸上摔二十几页论文题目的作者，而且全都是航天界硬邦邦的论文，不读到秃头肯定看不懂的那种。《死在火星上》的作者"天瑞说符"用自己独有的方式证明：写科幻，他是认真的。

    2018 年 11 月，这位航天专业科班出身的作者，开始在起点中文网写作这部看似幽默欢脱，骨子里却十分正经的硬科幻小说。在执网络文学界牛耳的起点中文网，科幻小说并不是一个太受重视的品类，尤其是能写出技术细节，用科学解释世界变化的"硬科幻"更属于凤毛麟角。近三五年来，我能数得上来的起点硬科幻，也只有"彩虹之门"写作的《地球纪元》和"最终永恒"写作的《深空之下》等寥寥几部而已。这样的大背景下，横空出世的《死在火星上》能够获得众多读者的认可，无疑是硬科幻类网文的一大幸事。

    1969 年，阿姆斯特朗踏上月球，并说："这是个人的一小步，却是人类的一大步。"

公元 2052 年，主角唐跃在登陆火星的历史时刻，发现了一个严重的问题：地球消失了，我们人类生存和繁衍的母星，就这么平白无故地不见了！在本能的难以置信之后，唐跃只能接受这个现实：自己已经是最后幸存的人类，而且还要在残存的生活物资用完之前，在火星上找到让自己持续存活下去的办法。

还好，唐跃并不是全然孤独的，在他身边还有一个智能机器人"老猫"。这个名为"老猫"的机器人实在太过于智能，无论是思维、情感还是表达，简直就跟真正的人类没什么区别，甚至话痨程度比唐跃还厉害。但老猫始终是机器人，它在荒腔走板的表皮之下极度理性，它的客观理性和唐跃经常凭借感性而起的"作死"之间的矛盾，是本书最大的冲突爆发点。作者没有特意去写老猫跟人不一样的性格特质，只是偶尔会让它作为热血青年唐跃的陪衬，显示出其更加理智冷酷的一面。或许在作者的眼里，唐跃和老猫本来就是一体两面，分别代表了这位幸存者不同的人格侧面而已。

除此之外，作者在书中还让一位名叫"麦冬"的女性航天员和唐跃一起存活了下来。然而麦冬飘浮在轨道高度距离火星表面 400 公里的宇宙空间站里，在独自一人驾驶又缺乏地面支援的情况下，想要顺利降落和唐跃会合，几乎是不可能完成的任务。

这是一个魔幻荒诞得如同银河系漫游指南一般的开头，但它带来的并非是一段穷尽想象的奇幻宇宙之旅，而是从此陷入绝境和死地。于是在广袤无垠的宇宙之中，在位于银河系猎户座悬臂的太阳系里，唯有一个名叫唐跃的男性人类站在火星上。他的身边有一个猫型人工机器人老猫，背后是人造火星基地昆仑站，而他头顶四百公里处，一个叫麦冬的女孩孤独地被困在了空间站里。除此以外，偌大一个宇宙，再也没有任何地球所定义的人类，和地球文明的造物。

但他们没有太多时间去伤春悲秋，因为在开头的震惊之后，在发现麦冬的狂喜之后，第一个问题就摆在了留在火星的唐跃面前：空间站中的生活物资只能支撑麦冬存活三天！

跟同类型的科幻小说《火星救援》相比，火星上只剩下一个人，跟剩下两个人（和一个机器猫）是完全不同的。因为这样会带来一个人性和伦理上的巨大难题：主角要不要牺牲自己的一半资源去供给对方？

唐跃没有犹豫。他立刻决定把一半生活物资用飞船送到了空间站，完全不顾老猫的理智提醒。正如老猫在书中所说的："人真是一种复杂的动物，你们有时候居然不以生存下去为第一要务，这是可耻的背叛。"

如果一般的小说，这个故事讲到这里也就可以了，毕竟主角已经在痛快地选择了人性光明的一面，就不要再折磨他了。但是本书偏偏不是："他们要在无人监控和引导的情况下，在铺天盖地的沙暴中发射一艘无人货运飞船，然后让这艘无人飞船自己找到空间站，完成交会和对接，而且只允许失败一次。"否则，麦冬将会无法收到物资，她依旧只能存活三天，而唐跃，则白白失去自己仅拥有的一半。

更何况，即使是对接成功了，唐跃仍然要在这之后想尽办法在火星上改造自然环境，种植地球植物，这样才能让自己尽可能久地存活下去。

七十亿人类灰飞烟灭，家园和故乡遍寻不得，唐跃和麦冬不过是两个二十多岁的载荷专家，他们并非专业宇航员，更非智者勇士伟人，可他们仍是尽了最大的努力，拿出了作为凡人的所有勇气和斗志，去努力完成一个又一个不可能完成的任务。这正是本书的主基调：每一个生存任务环节都真实到让读者怀疑世界，希望一直渺茫却始终存在，只有拼尽全力才有机会被幸运女神垂青。因此，比起传统科幻小说对于宇宙浩瀚无垠的想象，本书体现出的，却是科学所带来的极致浪漫和极致冷酷。

在古往今来的漫长时间中，有无数人讨论过一个问题：人生的意义是什么？

这个问题有无数个解答，但这些解答已经都和这两人一猫无关。他们无法单凭他们完成人类的延续，他们无法完整记录地球上浩如烟海的文明，他们传出的无线电波终会消亡。仅剩的两个人类之间隔着四百公里和一个显示屏、一段无线电，即便用言语与神态传达再多的生死相依和温情守候，他们也依然无法给予对方一个拥抱。机器人老猫不会渴不会饿不会累，它在自己的存储中记录着无数的知识数据和相声段子，以一己之力帮助这两个人类尽力活下去——但再有趣的段子也终有说完的一天，看似无所不能的老猫也不是真的无所不能，它的植入毛发会剥落,它的手臂会断裂,它依然有着无能为力的时刻。

无论书中人如何插科打诨、嬉笑玩闹,浓重得仿佛实体的悲剧氛围仍然在字里行间蔓延。唐跃、麦冬、老猫孤独地在这荒芜中活着,可氧气、水、食物、温度、微量元素等等在地球上微不足道的因素都能轻易地要走他们的性命,活着于他们再也不是一件理所当然的事——活着对他们而言,到底还有什么意义?他们怎么还能忍受这样的酷刑,继续活下去?

但——也许是因为某种"好死不如赖活着"的精神,也许是基于人类基因里"活着"的本能,又也许是他们心里的确还残存着"等待和希望"——他们依旧艰难却坚定地靠着手头上的资源活了下去。在这个空旷又荒芜、寂静又喧闹的世界中,他们以人类渺小之躯,去面对这个以百万千万光年记的浩瀚宇宙。饥饿、疾病、天灾接踵而来,他们狼狈不堪,愁苦沉闷,痛骂贼老天,但最终仍然以斗志和勇气扭转乾坤,转败为胜,一次次创造奇迹。

这是一场前无古人后无来者的抗争。在无望中撑起希望,于绝境中寻找生机,这是独属于生命的奇迹与毅力,这是一份难言的,让人只能沉默以对的,伟大得无与伦比的孤独和悲伤。

而在这内核之上,描绘这个故事的笔触竟然浪漫得不可思议,又冷酷得不可思议。如此结构简单的故事,在作者笔下却有着如同电影一般的悠长余韵和磅礴画面,让人再也无法嘲笑理工男的文笔水准。但作者同时亦是个太过浑蛋的命运操作者。正如文中曾说:"……但对于无线电波本身,主观上这只是一瞬间的事,它在前一个瞬间见到的是你,后一个瞬间回来时却只能看见坟墓。光速移动条件下,钟慢效应达到极致,时间不再流动,任何一束光在下一刻都会目睹宇宙的终结。"

所以无论如何抗争,唐跃和麦冬的结局都早已注定。事实上他们的分别亦实在太过猝不及防,谁也没能想到星星会就这样坠毁,读者和书中人的情绪都尚未就位,事情便已尘埃落定。老猫说他们就是《等待戈多》里的爱斯特拉冈和弗拉基米尔,他们的等待毫无意义,戈多永远不会到来。然而,但是——

故事的最后,已经筋疲力尽的唐跃面对着璀璨的群星,他想起了东北大队长老王所作的诗:

"我终将死亡,

"在群星闪耀的夜晚,

"请将我埋葬。

"……

"如果你要问,

"这是哪儿啊?

"遥望一亿五千万平方公里的辽阔土地,

"我会告诉你啊,

"这是我的家园。"

《赛博英雄传》：
侠以理工违禁

　　很少有网络小说在第一章的开头就令人落泪，吾道长不孤正在连载中的《赛博英雄传》却做到了：

　　"为了养活七个孩子，女人只好卖了脊柱、小脑和脑桥，换了一辆工程机械。"这句话出现在小说开头的第四段——一个可怜的母亲，为了养活孩子，把自己的身体变成了连屋子都进不去的大卡车。这段剧情一下子立住了这部赛博朋克题材小说的格调：在科技发达的未来世界，人们已经不再需要依赖碳基生物躯体生存。但在这样的未来，平民百姓的生活资源非但没有富足，反而依然艰难困顿，甚至比我们如今所能"出卖"的，还要更多。

　　"赛博朋克"这个概念，其实已经诞生很久了，比它更早的，是"蒸汽朋克"的概念。如果说"蒸汽朋克"类似于一种工业时代魔幻色彩与科技的融合，那么"赛博朋克"则更像是在描绘一个令人绝望的高科技时代：一个科学进步仅仅为绝少数人服务，并把剩下的 99.9% 的人剥削到失去所有的时代。

因此在书中，这是一个笼罩着铁锈与铅灰色绝望的准末日废土世界。在远远胜过二十一世纪的科技水平之下，人类已经进化成了不再需要摄入生物能量、仅靠充电和替换设备就可以"永生"的"新种族"，大量高级的信息技术已经普及民用化，无论如何，这都似乎是一个用高超的科技水平改变了整个人类社会的未来——但这个未来却并非如我们所想那么美好，它的社会形态反倒退回到了近似于中世纪甚至更加久远的年代：领主老爷可以依心情决定一群人的生死；平民要上缴自己的子孙骨肉作为"基因税"；荒野中游荡着数不清的绿林暴徒……更重要的是，所有人的头顶上，都悬着一把名为"戴森法则"的达摩克利斯之剑。

就在这样一个绝望的年代里，只剩下一颗头颅的主角向山从长眠中醒来了。他已经忘记了很多过去的事，唯独记得这个世界不应该是现在这样的，这个荒芜倾颓的时代源于他自己的失败。于是他尝试着唤醒自己失落的记忆，同时也尝试着向这个疯狂而扯淡的世界复仇。

"矢量喷射器、钢棍、斩舰刀、火神炮、无线信号接收器……每一件都是震古烁今的好兵器。机动步、伏魔棍、御舰诀、枪炮锁、云龙骇入法……每一门都是响当当的好武艺。"

吾道长不孤是一位个人风格极为鲜明的作者，他之前的两部作品《走进修仙》和《异数定理》都以宏大的科幻设定和硬核的科学知识，以及通过技术细节来塑造世界观的真实感著称。他还喜欢把两种看似冰火不同炉的元素嫁接到一起，营造出一种诡异奇特又引人入胜的奇妙氛围。《赛博英雄传》一书也不例外，从书名我们就可以看出，这一次，他嫁接的是武侠和赛博朋克。

人类社会已经变得面目全非，社会曾经应有的文明、人类曾经应有的尊严，已经被这个残酷的世界异化成了遥远的过去。儿童的生长需要用金钱去把"儿童义体"置换成"成年义体"，而父母却已经将自己身上的"生物部分"全部变成了活下去所需要的资源。"弱肉强食"四个字，明晃晃地悬在每个人的头顶。但重生的向山却记得，自己曾是一个锄强扶弱、扶危济困的侠义英雄，自己眼中的人类与社会，不该是如此。

仅仅是开头几章，作者就栩栩如生地描绘了一个疯狂、异化又高度"发达""先进"的世界：已经将自己的身体几乎都置换成了义体的居民，以"铜糖"——一种加温到一定程度后就会释出无水硫酸铜的物质为食；这个世界已经遍布黑色的植物，居民甚至不知道植物原本的颜色该是绿色；即便只剩下了半个布满电子元件的头颅，向山仍然活了下来，甚至依靠着尤利娅家祖传的两只胳膊、一段轴承、一个蓄电池，慢慢拼凑出了一副"能用的身体"；即便已经将自己的脊柱、小脑和脑桥换成了可以工作的大卡车，但为了赚钱，尤利娅依然思考着要不要把自己的颞叶、额叶也都卖掉——唯一让她下不了决心的，是她听说这样一来她就失去了人的情感，再也无法爱自己的孩子——若是她不再爱自己的孩子了，那她还能工作吗？

最可怕的是，除了刚刚从沉睡中苏醒过来，男主角已经丧失了几乎全部记忆，所有人都不觉得这有什么"不该"，仿佛这就是人类所本该有的面貌。无怪乎有读者说，这样的开头，这样的世界,这样的绝望,实在太过压抑,也太过期盼被打破、被拯救。

　　赛博时代的武功,是一种特意被发明出来的科学技术。当人类对自身进行改造之时,"赛博武功"的雏形就出现了。书中有句话震撼人心:"残奥会纪录超过奥运会纪录的那天,就是整个人类社会的拐点"——因为这意味着,人类已经可以充分驾驭和改造人体自身,将科技造物用恰当的办法融入自己的身体,甚至有一天完全脱离现在的生存状态。到那个时候,整个人类社会的面貌必将焕然一新——但是,"只有小孩子才会把未来和美好当成同义词",崭新的社会可能意味着更好,也可能意味着更坏。

　　很多技术在诞生之初都被人认为将造就更美好的未来,"赛博武功"也不例外。就像是绝大多数的武侠小说所写那样,这个世界的武功可以简单分成"外功"和"内功"。外功不必多说,经过科技改造的人体已经可以上天入地、颠倒众生,很多武侠小说中描述的幻想早已成为现实。但是"练武不练功,到头一场空",以编程和黑客技术为核心架构的"内功"才是"赛博武功"的核心技能,而外功高手在内功面前毫无抵抗力。

　　在向山的记忆中,"武功"被创造出来是为了对抗专制:"侠客作为'个体'无疑是强大的,但是他要对抗的东西,是强者的集体。个体的力量,在这个层面上微不足道——武功存在的意义,就是成为弱者手中的剑,去震慑强者。""武功是一种暗杀术。它能够让弱者以最小的成本,获得向强者挥剑的机会。而对于那些向人民施加暴政的人来说，这样的技术正好是最恐怖的。"

然而在这个疯狂的时代，武功却反过来成了强者欺辱弱者的工具。高傲的统治者豢养着大量为之效命的武者，绿林道的暴徒们不但肆意虐杀平民百姓，还要把那种暴虐的意志灌注到俘获的侠客脑中，用血腥和杀戮的集体记忆给他们洗脑。所以在向山恢复记忆的过程中，他所做的第一件事，就是向这些背弃了武侠精神的暴徒复仇。但是在他看来，又不能简单地"以暴易暴"——

首先，我们必须明确，任何人都不应该凌驾于别人之上，只有法律才可以审判人，剥夺人的生命权利。其次，法律并不是恒常不变，永远代表正义的，当法律不公、放任恶人的时候，应该有侠义之士出来惩罚恶人。同时，我们必须记住侠客拔剑的目的，应该也只应该是弥补法律的不足，而不是以人治代替法律。

从这个意义上说，《赛博英雄传》不单是一部科幻小说，它更是一部真正以侠义为基础的武侠小说。他所描绘的，是匹夫一怒，是弱小向强权发出的怒号，是血肉之躯向钢铁洪流的奋勇抽刀。

如果作者一直按照"武侠+赛博朋克"、故事中夹杂大量科普的路子写下去，本书想必也能像是他以前的作品一样，称得上是一部科幻网文佳作。但是作者的野心显然不仅止于此，在"硬核"的世界观和详细描述之下，作者更在其中悄然植入了大量的人文色彩，描绘柔软的人性与冰冷的机械之间的碰撞。

他不但想写一个未来赛博废土世界，更想要探寻的是这个世界到底是怎么来的。

从第二卷开始，作者换了一种写法，分出来一条单独的故事线，去讲述主角向山遥远过去的经历。在这条故事线里，读者可以看到年轻时候的向山还是一个纯白鲜嫩的博士生，跟着自己的导师加入了一个改变世界面貌的"罗摩计划"研究项目，一个大时代也由此拉开序幕。倘若读者是科幻迷，还可以轻易从中读出《与罗摩相会》或《三体》等经典科幻小说的影子——

然而，我们越是看到年轻的向山为此而激动兴奋，为同伴之间的理想而奋力前进，心情便会越发沉重。因为一开始我们就已经知道了结局是一场毁灭性的巨大悲剧，那些曾经年轻而朝气蓬勃的理想主义斗士，他们那想让所有人都成为人的理想，最终却都失败了、死去了。这条故事线的终结，就是小说真正的起始。在这样的滚滚洪流之下，仿佛一切个人所作的努力，都不过是螳臂当车。在这样的绝望之下，仿佛一切曾经光辉耀眼的理想，也终将熄灭。

但即便如此，死去的理想，也曾是理想。曾经燃烧过的侠义精神，只要还有一点儿火星出现，余烬便能再度燃烧。看吧，即便只剩下半个头颅，但只要一息尚存，那么借助废弃的元件和简陋的轴承，昔日的理想主义者便能再次站起，再次向强权抽刀。

攻略不下来的男人

《攻略不下来的男人》：
披着"快穿"外衣的赛博朋克科幻

　　"快穿"是晋江女频小说常见的一种题材，总体类似起点中文网的"无限流"，但也有一些微妙的不同。大多数快穿文的套路相当清晰：女主角在"系统"的指引下，到一个副本世界里"攻略"一名男性角色成功之后，一击脱离换到下一个副本世界重新开始。

　　不过，作者"袖侧"在晋江文学城写作的《攻略不下来的男人[快穿]》却彻底打破了这种因袭已久的套路。在这茫茫书海当中，这个故事或许不是最受欢迎的，更不会是最动人、最引人入胜的，但它却绝对独一无二、绝对令人印象深刻、震撼人心。甚至可以说，这本书就如同一道划破天空的闪电，让人悚然一惊，全身都为之一颤。

　　小说开篇的场景看起来与一般的快穿文并无区别，甚至更显恶俗。我们的女主角一边开车回家一边构思剧情，一道白光让她来到了一个未知的白色空间。"系统"告知她"韩烟烟你出了车祸已经死亡想要系统给你续命就得执行任务进行快穿攻略某个男性"，OK，这不就是这类小说一贯的套路吗——

被"快穿系统"选中，需要到一个"霸道总裁爱上我"的快穿世界里去攻略那位身为总裁的男人，这已经是许多快穿文的标准套路，《攻略》似乎也并不例外。甚至这个世界里的人物关系也完全照搬了我们常见的狗血总裁文设定，有英俊潇洒的总裁，有"傻白甜"的女主角，有试图拆散他们的恶毒女配，还有一些无关紧要的 NPC。然而，当名为韩烟烟的女主角试图按照自己熟知的"霸道总裁文"套路走的时候，整个世界却突然崩溃湮灭了。

韩烟烟此时才被告知，她并不是一个单纯的游戏玩家，而是一名"构建师"。但是所谓"构建"到底是指什么，我们读者仍然一无所知。紧接着，韩烟烟又被送入了第二个副本——"末日世界"。在这个挣扎求生、步步惊心的世界中，她终于利用自己熟练的情场技巧，把自己需要攻略的目标勾引上了床。然而，即便付出了身体作为代价，甚至自己已经渐渐沉浸其中，她仍然还是在危险来临时被攻略对象无情抛弃，可谓一败涂地。然而万万没想到的是，"系统"并没有怪罪她的表现，反而越发惊喜，再一次给了她到新的"霸道总裁文"世界里攻略新目标的机会。

但韩烟烟并不想要这样的机会。

她在末日世界中付出了自己的爱，收获了强烈的恨，她带着这样的爱恨继续穿梭，并逐渐发现了现实对她露出的狰狞獠牙。然后——韩烟烟不甘，不服，不愿。她也曾有过强烈的爱恨，也曾有过真挚的感情，但一切感情都会随着世界的覆灭而无从寄托,她所熟悉的一切事物都会灰飞烟灭,最终她只能回到那个纯白的空间之中——这样的人生,难道还可称之为"人生"?这样的处境,难道不是与囚徒无异?她不要这样的人生,她要反抗!

与其他快穿类小说相比,《攻略不下来的男人》有着鲜明的"反套路"痕迹。韩烟烟在不同的副本世界里跟同一个男人的不同化身有过不同的深情厚谊甚至肉体关系,但是她从来都目标明确,从不会忘记自己的身份,更不会在这一次次的不同世界中迷失。或许应该说,正因如此,正因她知道这一个个世界背后都只是那白色的虚无空间,她才已经断绝了念想——"爱不是真的,恨不是真的,就连死亡都不是真的"。

要想构建一个真实细腻的世界,韩烟烟首先必须让自己全身心投入到这个世界当中,让每一个人物都拥有灵魂,每一件事物都拥有历史。然而当她自己待在这个有着无限细节,足以骗过所有人的世界里几十年,甚至过完一生的时候,她又必须让自己牢牢记住这一切都只是模拟现实而并非真实世界,每一个看起来有血有肉的人都只是自己设定的数据而已。更要命的是,她要唤醒任务目标,就必须付出真切诚恳的情感。

我在前半部分曾想要盛赞作者的大胆和坦坦荡荡——韩烟烟使出浑身解数来"攻略"她的目标,包括感情和身体。作者对女主角的性事毫不避讳。性是什么,对于韩烟烟来说,性是筹码,是武器,是奖励,是惩罚,是温存,是耻辱,是欢愉,是疼痛,是爱恨。她在不同的世界与不同也是同一个男人上床,我曾想要对这种毫不避讳和坦坦荡荡击节赞叹，但最后唯有沉默。她需要付出身体和感情，正因为她是弱者，需要以此委曲求全。她在穿梭中逐渐强烈了自己要获得自由的意愿，她在一次又一次地发狠中拥有了强者的心——她依然受控于人，但她不再愿意用性让自己委曲求全。

但这仍然不够，远远不够。韩烟烟继续成长，继续淬炼自己。这并非酣畅淋漓的爽快，也没有在某一刻如被闪电劈中的震悚，而是一场漫长而沉默的罹难。韩烟烟沉默，因为她不能让自己的思绪被空间的操纵者获知；读者沉默，是因为清晰地看到了韩烟烟的变化。

她不再是"弱者"，她一次次地变强，一次次地狠狠握住了机会。她不再是那个会投入自己真情的姑娘。她冷静、冷漠、冷酷。她不再会用虚无缥缈的感情当做武器了，她直接从权力和力量中下手，狠狠截中了那个"攻略不下来的男人"的脆弱和迷茫，成功唤醒了他。

然而这个故事因"攻略不下来的男人"而起却并不因他而终。什么金光闪闪牛气冲天的公爵、稳重绅士的侍从官、梦中情人一般的白月光、敏感自卑偏执的疯狂科学家，虽也算写得有血有肉，但从来就不是这个故事所描绘的重点。作者继续用她稳得可怕的笔写韩烟烟，韩烟烟在那之后仍在空间与世界中度过了漫长的岁月，漫长到她忘记了自己从何而来，忘记了自己是谁，忘记了曾刻骨铭心的爱恨和遇到过的人。她陷入了长久的虚无，但在这虚无中她仍然日日夜夜地描摹着那张路线图，她花费了几十、几百、上千年的时间去研究"奴隶主"利奥的弱点,因为那是她自由的唯一可能。

最终她再一次抓住了机会,她孤注一掷,如同那块沾着血丝的玻璃。但她终究比玻璃更坚强,她成了一把出鞘的利刃。

这把刀一指天际,诘问"系统快穿流"这种体系:角色在一个个世界中穿梭,她在种种世界中生活,遇到各式各样的人和事,不可能完全不付出自己的情感。那么,她要如何接受自己曾真心相待过的人再也不见,自己所熟悉过的世界转瞬覆灭?她一次次无可控制地付出的情感亦一次次失去寄托,这真的可以接受吗?真的可以容忍吗?

这把刀二指自己,叩问角色的内心:假如你的人生在一次次无尽的穿越中度过,没有一个可供定位的锚点,那么你要如何知道你是你?你的起点、你的过去、你曾经的情感与亲朋,都将会在这期间被渐渐遗忘。当你回首过去,如沧海桑田,你甚至忘了你曾经的名字,那么你要如何定义你自己?你要靠什么来维持自己的内心?

无论如何,最终韩烟烟成功了,她获得了自由。

从这部披着快穿外衣的网文中,我们可以读到不少经典科幻作品的影子。无论是威廉·吉布森开创"赛博朋克"流派的《神经漫游者》,还是把"缸中之脑"演绎到极致的电影《黑客帝国》,抑或是《盗梦空间》甚至王晋康老师早年写作的科幻短篇《七重外壳》,实际上都是讲人类精神接驳在一个足以乱真的虚拟现实环境中之后,会有哪些诡异错乱、变幻无常的故事。《攻略不下来的男人》也不例外,它的故事内核实际上也是一个人与无穷无尽的虚拟世界互相影响的异化过程。挣扎求生的末世幸存者、柔媚入骨的黑道老大妻子、艳光四射的家族千金、杀伐果断的豪门女家主……经历过如许人生之后，小说结尾处的女主角，早就不是开头那个平平凡凡的年轻女人了。正如书中所说的："跟那些刺激的、深刻的、跌宕起伏的经历比起来，从前那个挣钱、供房、恋爱、分手、再恋爱、再分手的人生，因为太过于平淡，就格外模糊。"

回到最开始。系统问韩烟烟：你需要什么？韩烟烟说：如果是太平盛世，我要绝世美颜，腰缠万贯。如果危及生命，我要战力爆表。系统说：对不起，你的条件不能被满足。

而在末尾，韩烟烟如愿以偿，她成了同时拥有绝世美颜、腰缠万贯、战力爆表的韩烟烟。但她亦再也不是那个过着普通生活、赚钱、供房、买菜、做饭的李小姐。她获得了所有，也失去了所有。她是否感到难过，是否感到后悔？这个问题可以想想，却不能深思。因为这不可重来，因为这实际上是无可控制的罹难，如逝去的昨日，如划过的流星，如仅仅微微一颤的内心，如那直入安布罗星云的飞船。

这的确不是一个让人愉快的故事。

但也的确是一个让人动容的故事。

诡秘之主

《诡秘之主》：
推开一扇神秘世界的大门

  2019 年起点中文网最受关注的网络小说，毫无疑问是白金大神"爱潜水的乌贼（以下简称乌贼）"写作的《诡秘之主》。它在保持了惊人畅销率的同时，还赢得了各类型读者的一致好评，口碑爆棚，俨然是《全职高手》之后又一本"出圈"的神作。但令人惊奇的是，它本身的题材实际上相当小众。它借用了西方科幻界的"蒸汽朋克（Steampunk）"元素，剧情总体风格和氛围却带着十足的"克苏鲁神话"风格。这两大小众风格在我国更是冷僻，只有资深的科幻、奇幻爱好者才略知一二。可在本书中，这两种冷门元素的混搭却带来了意想不到的奇妙"化学反应"。

  翻开第一章，《诡秘之主》开头的气氛就颇具诡异的恐惧感：现代人周明瑞作死玩了一个类似于"笔仙"的转运仪式，然后就穿越了。他在新世界里醒过来的时候发现自己的头剧痛无比，等到他终于清醒，却发现那是因为自己这具身体的太阳穴被子弹打穿了——但他却没有死！而且他的伤口飞速愈合了起来！

主角很快发现，自己的"死而复生"过程里有诡异而神秘的力量，整件事情都跟他曾经接触过的一本神秘笔记有关系，而这本笔记，正是小说中"黑夜女神"教会想要拿到的封印物。就这样，主角踏上了非凡之路，成了一名教会下属的"值夜者"，并在一场一场冒险中见识到了更多的诡秘与疯狂。他不受控制地深陷其中并且无法自拔，直到最后他得知了一切的真相，于绝望中决定走向深处，因为——"总有些事情高于其他"。

《诡秘之主》为何如此吸引人？很大程度上是因为这个故事重新架构了一整套复杂到让人目眩的奇幻升级体系。22个序列，每个序列都有从0到9一共十个层级。小说中人物角色想要升级，就必须吃下用神奇材料调制而成的"魔药"。主角所选择的序列是"占卜家"，升级以后变成了"小丑"，再升级却变成了"魔术师"；另一个序列开头是"刺客"，升级两次以后竟然变成了"魔女"，而且故事中的"魔女"以前还全都是男性。这些升级序列看起来莫名其妙、不可捉摸，但却足够有趣。加上那种种诡异的封印物，这一切都太过神奇，也太过让人为其显示出的神秘与奇异心动神摇。

而作者也选择将主背景设置成近似于第一次工业革命方兴未艾的西方世界。这是一个野蛮、凌乱、驳杂、诡秘的时代。蒸汽机已经发明，煤铁复合体已经广泛应用，人们发明了蒸汽动力的火车和铁甲舰，枪炮等热兵器已经装备军队，但是石油工业和电力设施却还不见踪影。因此，马克思曾经批判过的资本罪恶也在这个时代变本加厉。虽说有大量的新兴工厂吸收了失地农民,但"富人越来越富,穷人越来越穷"仍是这个时代的主旋律。似乎正是因为这样多的黑暗面被不停地制造,这个世界才变成了"邪神降临的温床"。

是的,这个世界不单有诡奇的"升级方法",也有着"正神"与"邪神"的存在。各大教会都有属于自己的神秘力量,"神迹"只要祈祷便可能出现,与此同时,邪神与它所带来的恐怖也正藏匿在阴影之中。"邪神"和"邪教"制造了无数的血腥惨案,克莱恩的吞枪自杀,也正是因为被卷入了这么一起与邪神有关的案件。

这是一个大量超凡者与普通群众共存的人类社会,主角本人便正常生活在这个世界里。穿越成"克莱恩"的周明瑞因自杀事件而被吸纳入黑夜教会,成为"黑荆棘安保公司"的一员。但他没有出人头地的雄心壮志,没有想要报复的怨恨对象,他的家人温柔而同事友善。他需要挣工资养家糊口,和同事闲聊打牌,也需要研究投资、研究礼仪,并为金钱斤斤计较。存在超凡元素的小说里,极少极少看到这么"普通"的主角。而正因这样的主角稀少却太像普通人,读者眼里的他也温柔可亲,就如同我们身边的朋友,并亲昵地称呼他"小克"。除了生活比普通民众要刺激一些,除了他依旧每天琢磨怎样才能回家——回到地球,克莱恩完全就是一个认真生活的正常人,他也本该如此一直生活下去。

直到这个世界向他露出了黑暗下的一角,平静的生活被瞬间撕裂。"封印物008"现世,叛逃主教因斯出现,克莱恩所珍视的一切从此消失。他再也回不去了。

这就是诡秘的世界。作者用整整一卷为整个故事做铺垫。他详细描写主角生活中的每一处鸡毛蒜皮，竭力写出一个阶级割裂严重、正在全力发展却仍有诸多弊病、上流社会金碧辉煌的同时每日都有无数贫民因饥寒交迫以及不慎惹上邪神而死的世界，但在这之中，也仍有真挚、温情、友善。

家人和同事给予了穿越者周明瑞温暖和认同，让他接受了自己作为"克莱恩"的人生和身份。但伴随着第一卷的落幕，这些弥足珍贵的温暖被狠狠撕裂，仿佛一记闷棍，告诉了克莱恩与读者这个世界是多么危险，又是多么疯狂；你所珍视的一切，又会破碎得多么轻易。要想保护他们，你必须继续前进；而当你继续前进，你又会逐渐失掉所有。

这个世界的规则本身便扭曲且疯狂，诡异又不可知。邪神固然邪得离谱，正神们也不见得有多正。在这个疯狂的力量体系里，晋升高等级要喝稀奇古怪的药水，并与"失控"做斗争。级别升得越高，就离发疯更近了一步。如果你疯了，死掉以后会变成别人的装备；如果你没疯，死掉以后会变成别人晋级的主材料。如果你害怕未来悲惨不愿意当非凡者，那就更可怕了，因为里面的普通人简直不算人，随时都有暴毙的风险。这样诡异莫测的世界，让我在初读的时候立刻想起了洛夫克拉夫特笔下的"克苏鲁神话"。

但是，我们仍不得不说，跟洛夫克拉夫特笔下邪异、莫测、恐怖的世界相比，克莱恩所处的世界也实在过于稳定和温柔了，就连某些邪神，主角都可以有限地对抗或是规避其伤害。这个世界里的大多数普通人甚至跟我们一样，没有机会接触到任何非凡现象。而穿越者克莱恩在"灰雾"这个超级金手指的帮助下,一步一步快速提升自己,就算遇到困难也可以轻易化险为夷——按正常克苏鲁小说的路数,第一卷结尾故事就该结束了——但这个故事没有结束,克莱恩的路途也必须继续,无论他是否情愿。

如此诡异、神奇、永远不知道下一刻将会发生什么,让人永远心怀憧憬、敬畏、恐惧与幻想的世界,岂能不吸引人?

但更重要的、更让这个故事受到万千读者青睐的原因,或许还要算是这个故事的情感基底。

设定若无剧情支持便只是夸夸其谈,而剧情若无情感充实便不过是情节堆砌。克莱恩以自己"无面人"的能力创立了多个身份,他以多个视角各自面对这个世界的一个截面,以不同的身份在同一个世界的不同层面上观察,构成一个复杂的网状结构,呈现出这个世界的每一个细节。而弥漫在《诡秘之主》里的,被小克和各位角色看在眼里的,是对生活在痛苦与麻木中的底层人民的深切同情、对不可掌握的己身命运的恐惧不甘,以及——那朴素又伟大的"总有些事情高于其他"。

这个故事依然有着乌贼式的幽默与调侃,有着乌贼式的温暖与和善,但和作者乌贼以前所写小说都不同的是,这个故事更有一种"我们都生活在深沟之中,但仍有人仰望星空"的悲悯与沉重。第一卷不但为我们勾勒出了这个世界的面貌,也构成了主角克莱恩的人格基石。正因为在黑荆棘中曾经的经历,正因为他同事和家人曾经的陪伴,这个失去了来路的游子面对迎面而来的滚滚浪潮,最终仍是选择成为那位"愚者"。

还有其他人。

或许最初只是懵懂天真，或许最初只是身不由己，或许最初只是误打误撞、或许最初只是想获得更多的力量，或许最初只是想保护自己和亲人——以塔罗牌为代号的角色们阴差阳错地在"灰雾"中相逢，喜闻乐见地开展"神前会议"，其中的诸多脑补行为让本章因此"充满了欢乐的气氛"，一度让读者感慨"我从未想过自己会迷上开会情节"。在前期的大部分情节中，这固定在周一的"神前会议"就如同一根定海神针，读者和角色都觉得大部分难题都能拿到会议上来解决，"灰雾"的神奇便是让所有人心安的力量。

然而事实上，世界上没有白吃的午餐。随着"愚者"的沉眠，"塔罗会"必须面对严峻残酷的现实。纵然拥有强大的力量，他们都仍是人类，有自己所珍视的一切，也有想要保护的事物。可要想足以帮助想帮助的人便必须获得力量，要想获得力量便不得不放弃珍视的其他。这个世界已然走到了时代的拐点，择人而噬的邪神虎视眈眈，在这疯狂的世界里，无人能独善其身。有许许多多的人已作出了自己的选择，剩下的人会选择何方，而这个世界，又会迎来怎样的明天？

或许，我们只能期待乌贼的下一部《诡秘之主》，能为我们呈现那一丝光明的可能。

王国血脉

《王国血脉》：
跌宕起伏如坐过山车的西式奇幻

    西式奇幻故事是怎么样的？分成几块的大陆，以国王、领主、骑士为主的统治阶级，还有精灵、龙和魔法师的西幻特色种族和职业，这都是几乎如同定律一般存在的通识。

    初看之下，《王国血脉》也不例外，这个以西方奇幻作为背景的故事中，同样有着这样通用的设定。然而在相似的外表之下，这个故事中却密密地埋藏了许多作者所独有的创意与思考，这是让这本小说从诸多西幻文中脱颖而出与众不同的最大原因。

    "想想看，法师们仅仅用一些金属小圆片和无用的废纸，就能深刻地改变成千上万人的生活与命运，影响一国一地的历史与未来。功成名就，家破人亡，皆在其中；国王百姓，贵族黎民，概莫能外——而这些都源于魔法塔里一个个苦思冥想、笔耕不辍的夜晚。告诉我，什么样的咒语、什么样的魔法能做到这样的事情？如果这都不算魔法……那还有什么是魔法？"

    这段话中所提及的小圆片和废纸是什么？不是某种魔法

造物,不是某种施法材料,它们是我们在现实生活中极其熟悉的东西,它们是——货币。

是的,货币。或是金属硬币,或是印刷出来的纸币,这在我们眼中仅仅是用以作为经济流通的凭证,在《王国血脉》中却是魔法的证明——因为它们能"深刻地改变成千上万人的生活与命运,影响一国一地的历史与未来"!而这并不是作者唯一的奇思妙想。在这个独创的魔法体系中,作者创立了"魔能师"的概念。这个群体超然物外,但他们并非仅仅只是"厉害的魔法师"。随着故事的进展、主角的体会,这个神秘的概念不断地发生着变化,甚至直到现在,都不能说已经了解了这到底是一个怎样的群体,即便主角自己也是一位"魔能师"。

社会学专业研究生吴茸仁一朝穿越,然而他的运气实在极差,竟然穿越到了一个被黑帮用以乞讨与盗窃的乞儿泰尔斯身上,每日都要遭受毒打,忍受饥寒交迫衣食无着的生活。然而当泰尔斯以为自己确实特别倒霉,并在一场席卷两大黑帮的激战中奋力逃亡的时候,一个足以让所有人晕头转向的消息却掉到了他的头上——

他居然是这个国家唯一的王子!

而拥有如此的反转,我们在第一章里所看到的却大部分不是主角的挣扎求生,而是他周围的种种人物。从"会记师里克"到"警戒官科恩",再到"酒保娅拉"和两大黑帮的斗争,第一卷中主角的坚忍和智慧只占据了很小的篇幅,作者更多的是在描述这风云激荡的一晚,数名来自不同势力、拥有不同目的的登场角色与他们的选择与战斗,以及从中折射出的,这个世界的一角。

而这正是作者所惯用的手法。在同一个时间段，我们将会同时看到两三条剧情线，不同的人物在不同的处境下所作出的不同应对，最终都会交融到一起，构成一个神仙妙局。在作者的眼中，不存在"配角"与"主角"之分，泰尔斯确实是这个故事的主角，然而每一个角色也都是自己人生的主角。成为王子后的泰尔斯发现，自己的人生的确得到了重大的改变，但崭新的、甚至更为沉重的枷锁却套上了自己，依然阻挡着自己追寻自由的道路。他刚从泥泞中爬出，就掉进了更深的旋涡，新的人生和新的朋友出现在他身边，但他所要面对的，却是这个世界上最沉重、最强大的劲敌——他自己。

大概是作为社会学专业研究生的作者自己的某种执着使然，几乎可以说他有着"创造一个完整的世界"的野心。在这个世界里，作者描写最为认真、占据最大比重的，无疑是"权谋"二字。主角所在的国家很久以前出了一位并非穿越者的国王，他用类似秦孝公和商鞅的方式让自己的国家实现了变革，成为那个背景下领主们眼里的超级怪物。尽管这招致了大量问题，但站在历史长河上看，他的这一创举改变了整个世界，而这个故事中几乎所有国家之间的矛盾冲突都和这场一百年前的变革有关。

历史中的千丝万缕影响着主角所在的"现世"。不光是历史，这个世界所被赋予的历史、魔法和政治体系等等设定，那被现世所感慨的每一段往事、每一个过去的丰功伟绩、历史伟人，都并非空洞的背景板，而是实实在在地紧紧联系在故事的主线之上,甚至每个点的设定都能影响到故事的主体架构。作者用他丰沛而又细致得令人难以置信的想象切切实实地不停丰满着这个世界,不停地完善每一个细节,直至这个世界越发显得真实可信,如在身边。

在这样的野心之下,每一个人都会跟他刚出场时你心目中预设的人设不一样,几乎每一个你以为是常规套路化的角色,都会在后面叫人大吃一惊。甚至一些不显山不露水的角色,都会因为其他人的某句话让你发现他的另一面——就像是说黑先知说的那句——"让乔拉回来吧",一句话点出一个人的隐藏身份。即便作为主角的敌人,许许多多的角色都会让人恨得牙根发痒,但是在看完接下来一段以后又不由自主地站在他的立场上,然后接下来又让人恨得牙根发痒,如此反复循环。或许,这是因为真实的世界里从来就没有一定的恶人与善人,也没有永远的朋友与敌人。

另一方面,本书作者安排了大量让人感觉到"爽"的情节反转。在一连串令人目不暇接的快节奏剧情之中,书中的情节被一再反转之后再来反转,然后再告诉你之前的成功并不牢靠,只需要挪动一点儿,就可以轻轻推翻,然后接踵而来的又是一个神仙局。如同云霄飞车一般极速而上再飞驰而下,这样快的剧情转换往往能牢牢抓住读者眼球,却也让读者"看得很累","不知不觉几个小时就过去了"。当然,看得出来,作者写得也很累,那连载时的更新日期就是明证。

而在这丰富翔实的故事之中,《王国血脉》最吸引人的地方在于,每个角色都有自己的信念、理想与坚持。比如说主角对自由的向往,比如说某位角色为了自己的理想,不惜和好友分道扬镳,和父亲决裂成仇的坚定。这种信念并不是作者强加给他们的设定,正相反,作者为我们细细描写了他们如何在生活当中磨砺自己,并逐渐寻找到自己所要追求的目标与方向、自己所要获得的价值与力量。作者从未为了主角而让别的角色"强行降智",每个角色都显得有血有肉,甚至即便屡次让主角陷入危机,作者也要将这些角色塑造得生动立体,无怪乎许多人都评价这本书有"虐主"嫌疑。我甚至觉得书中很多人物都可以像《冰与火之歌》那样,给他们一个 POV 视角,那样更能体现出角色的复杂性。

而我也相信,《王国血脉》的确在很大程度上模仿了《冰与火之歌》的写法和世界架构。因为它是单人物视角,虽然在表现形式上有所局限,却提供了更重的悬疑感以及代入感。作为社会学专业硕士的作者,写下一个作为社会科学领域研究生的主角,我们能毫不意外地发现作者在剧情中密密插入了许多使用社会科学分析法去分析这个奇怪世界里的人物生态,进而解决现实困境的方法。

泰尔斯运用着这样的方法,在那个世界中苦苦挣扎,奋力地想要在那个名为"权谋"的旋涡中站稳脚跟,谋得一席之地——而这权谋,并不仅仅只是"人与人"关系中的阴谋,更大程度上是"人与社会"关系中的政治。泰尔斯面临着这一切,目睹着这一切,他愤怒、彷徨、恐惧、坚定,然而他始终秉持着善良仁厚之心,时刻告诫自己不可堕落。而他未来何去何从——我们亦唯有拭目以待。

瘟疫医生

《瘟疫医生》：
点亮希望的灯火

2019 年 10 月，当我读到机器人瓦力在起点中文网连载的《瘟疫医生》(后改名为《黎明医生》)时，绝对料想不到，小说中的故事会在某种程度上成为现实。

小说主角顾俊是一个身患绝症又失去了父母的医学专业学生，却在一次冒险中突然获得了"系统"的眷顾，从而有了远超同侪的手术技能，之后在秘密机关的考核中技压群雄，然而他却发现自己跳进了一个可怕的旋涡……开始读这本书的时候，我同时也在看另一本医生题材的《大医凌然》，所以看到"系统"、医生、手术之类的字眼，还以为《瘟疫医生》是一部跟风之作。等我读到三十多章，奇异畸形的"异榕病"患者出来以后，小说风格陡然变化，显出了克苏鲁小说的内核，也真正变得好看起来。小说以"瘟疫"为切入点，详尽刻画了一幅幅科幻末日背景下人类世界的图景。

《瘟疫医生》中有两个世界，主角所在的世界近似于我们的现实世界，所以我们可以从书中读到许多与现实接近的情节桥段,但是在底层世界观架构上又略有不同。他以美国著名作家洛夫克拉夫特的作品为幻想原型,让克苏鲁神话中的旧日支配者和"食尸鬼"等奇幻生物随着故事的进展逐一登场,为读者塑造了一个亦真亦幻的世界:主角顾俊因为在治疗"异榕病"中的突出表现,进入了国家级的探险队伍。在追寻瘟疫源头的过程中,他发现,自己的人生极有可能是被人安排的,自己记忆中温柔甜美的妈妈,却有着另一个凶残狞恶的面孔,他不能确定自己的父母是不是真的父母,甚至不能确定自己到底还是不是他自己。"来生会""拉莱耶教团"等神秘组织暗藏在人类社会中,不断制造让人绝望的瘟疫用以唤醒旧日支配者"黄衣之王哈斯塔"和隐藏在海底深处的克苏鲁。

在这本书中,瘟疫的恐怖可怕被成倍放大。其中一卷讲的"咳血病"几乎就是现实中某些疾病的翻版,只是疫情来得更加剧烈、凶猛,更加让人措手不及。在一个名为"山海市"的小城市,一场"肺炎"遽然而至。抄录一段书中原文:

　　不是病毒,不是链球菌,不是衣原体……嗜肺军团菌!DNA 结构表明,这是一种新型的军团菌。这个检测结果一出,一宿未眠的何峰竟有些高兴。病原体是在已知范围内的,虽然起病快,病情发展迅速,但用治疗控制军团病的方式就应该可以平息疫情。军团菌虽然能空气传播,却很依靠气溶胶当载体……

　　正当何峰心感庆幸的时候,毫无征兆的,因为喉咙骤生的异感,他猛然地咳嗽了起来,肺部一阵发闷。一瞬间,何峰站在这个小实验室内,面色苍白,有些天旋地转。周围的一众实验人员全部怔着了。

"三级防护服不管用,三级防护服不管用……"何峰茫然地喃喃自语,骤然又爆出一串咳嗽,同时涌出的怆然与惶恐,让他几乎一下子倒在地上。人传人,空气传播。传染力可以穿透三级防护服……

沈浩轩参加过的那个漫展的游客们恐怕多数都被感染了。

整个江兴镇都是疫区。

整个山海市,都是疫区……

作为一部网络小说,本书并不像很多经典科幻小说那样,有基于科学原理的缜密推理支撑,它更像是在提出一个"烈性瘟疫"爆发的假设之后,再对人类文明的未来处境进行推演,试图构建一个摇摇欲坠如烛火将息的人类文明社会到底是何等面貌。书中有许多震撼人心的场景,特别动人心魄的莫过于书中对医护人员的描写:为了阻断瘟疫的传播,他们不顾自身安危,英勇逆行,用生命诠释了"白衣天使"四个字的分量到底有多重。

打完电话后,黄琳半躺在病床上,拿着圆珠笔,咳嗽声中,往自己的病历里写起了遗书:

我的症状还在加重,如果接着还是首发患者王国新的病情发展速度,到今天晚上我就会神志不清了。到时候我就不可能再写遗书,所以我必须现在就写,写得越快越好。我准备写到自己写不动为止。

我有很多话想说，但不知道要从哪开始。

如果我这就走了，其他人还活着，我最放心不下的是豆豆，家里只有我真心喜欢狗。

这么说，很不孝吧……我本来是想当个兽医的。

写着写着，黄琳的眼泪忽然落了下来。

现实世界之外，还有另外一个神秘的平行世界。在这个世界里，曾经出现过一场恐怖的神秘瘟疫，最终文明崩塌，世界沦为虚无。主角顾俊的前世便是生活在这个"异文世界"的天才医生，被称为"铁之子"，后来他被邪神蛊惑为"厄运之子"，但他人性光明的一面依然存留着，在转世后，铁之子制造出了系统，引导主角获得神秘学知识，压制体内的厄运之子，并给予前世医术或医疗器具作为奖励。

我不是很喜欢读主角带系统的网文，但是也不能不承认，对作者来讲，系统流写起来确实省时省力。不知道情节怎么发展的时候，可以让系统出个任务；不知道难题怎么解决的时候，可以让系统来点儿奖励。系统这种东西既让不太会安排布置情节的人有了偷懒的工具，也破坏了小说本身的"顺理成章"。

不过，《瘟疫医生》这部系统流小说却又不太一样，因为"克苏鲁神话"风格的小说本身就是扭曲谵妄、不可名状的，主角身上自带一个神秘扭曲又无法解释的系统，反倒契合了克苏鲁世界的画风——即使主角早就已经对系统产生了依赖症，但我们直到现在也无法真正确认，顾俊身上的系统到底是拯救者的福音,还是堕落者的低语。

书中时刻都在强调的是"责任"。主角身上背负着拯救"异文世界"和拯救地球文明两个责任,前一个早已失败,这也让他的后一个责任变得更加沉重艰难。小说中尤其让人动容的还有那些配角,他们不像拥有系统的顾俊那样了解这些奇异的病症,只能通过一次次实验艰难地确认对患者的医治方案,但是他们也和顾俊一样怀抱着对自身职业的自豪与热爱,时刻准备着成为他坚强的后盾与亲密的同志。在与未知的战斗中,有人退场了,但没有人被打败。当我们把目光投向遥远的过去,在医学还没有发展到如今的程度时,一定也有人像小说中的主人公与异榕病战斗一般,勇敢地与在当时看来不可名状、难以战胜的东西战斗过,于是他们战胜了黑死病,战胜了水痘,战胜了天花,于是我们终于拥有了今天的生活。

整体上看,《瘟疫医生》是一部糅合了奇幻、科幻、穿越、系统等网络文学常见元素,以治疗疾病、化解瘟疫、拯救世界为主线的典型男频网络小说。书中的"瘟疫"大多来源于奇幻莫测的"邪神"及其信仰者,主角克制瘟疫的最终手段也是找到其神秘的源头,将其一举捣毁。但是作者在书中融入了大量现实世界中最具毁灭性的瘟疫故事,以及二十世纪以来科学与医学发展的历史,用硬核的科学知识给幻想框定了一个范围,让奇幻想象不再信马由缰,而是与现实中的疫情故事熔于一炉,更具科学精神和人文关怀。从这个意义上说,《瘟疫医生》的成功,也是网络文学作者与现实主义创作结合结出的硕果。

高智商犯罪

《高智商犯罪》：
简洁流畅的推理叙事诗

　　爱奇艺的"迷雾剧场"最近颇受瞩目，特别是《隐秘的角落》和《沉默的真相》两部"社会派推理"剧让紫金陈这位优秀的网络作家进入了大众视野。其实对国内的推理小说读者而言，这个名字其实一点儿也不陌生，他的成名作《高智商犯罪》（连载名《谋杀官员》）系列（共4部），可谓国内少有的现代本格推理小说。虽然他后来创作的《长夜难明》和《坏小孩》在文学水平上更高，但仍无法取代当初看到《高智商犯罪》时，它给我带来的那种发自内心的震撼感。

　　这大概和它的写法有很大关系，尤其是前三部的写法很特别，与普通侦探推理小说那种发生案子—侦探出动—找出凶手的模式截然不同，这三部小说一开始就是明晃晃的杀人经过——翻开第一页，作者就已经告诉了读者凶手是谁，杀人动机、杀人手法是什么，作案过程如何一目了然，坦坦荡荡。作者唯一隐藏的是一两个杀人过程中的关键点，除了这几个关键点之外，其他的一切都是透明的，然而也正是这几个关键点,却成了警方最为之头疼的难题。

等到开头的犯案过程结束,这部小说便正式开始。镜头一转,我们的视线会从凶手——也就是主角身上移开,而放到另一主角——警方的身上。接到报案后,才是我们熟悉的刑侦小说开场:警方开始勘察现场,想要侦破案子、找出凶手。然而,对于凶手而言,他的报复计划往往仍未结束,在此过程中他往往还会一次次继续杀人。在读者的眼中,凶手视角与警方视角同步进行,而第一部中的凶手甚至还是警方代表的老同学、老朋友。

这种写法不仅仅让两条线在读者眼里交错并行、增加悬念与刺激感,而且实际上我们可以明显看出,《高智商犯罪》系列的绝对主角并非警方,而是那个凶手。如果说我们看传统刑侦推理小说的时候,凶手总是会在最后被抓获的时候才痛陈自己的苦衷,那么《谋杀官员》就是将凶手的苦楚直接在最开头就告诉了读者——母亲的惨死、暗恋对象一家遭遇的悲剧、家人所遭受的厄运……

作者真真正正将凶手当作主角来写,这些凶手再不是让无辜受害者遇难的行凶者,而是为亲人报仇替天行道的复仇者。《高智商犯罪》的名字已经足够耸人听闻,并且足够让读者望文生义——为什么要"谋杀官员"?自然是因为这些官员让无辜之人受难,让平民百姓蒙受冤屈,于是便有人要复仇。这让读者不再期盼警方破获凶案抓捕凶手告慰受害者在天之灵,而是暗暗为凶手打气加油。但与此同时,作者也详细描写了警方的无奈与苦闷,以及命案带来的沉重压力。左右为难,或许正是读者在阅读的时候,最鲜明的感受。

作为一本背景是现代的刑侦推理小说,《高智商犯罪》这样的本格推理题材,在国内实际上是很罕见的。以前见过有人说当代城市背景下写不了本格推理小说,因为广布的摄像头会让犯罪分子无所遁形,而痕迹检测法和DNA测试则让凶手必须十分小心谨慎。高科技的存在,在很多人眼里,抹杀了"本格推理"的许多可能。于是,我们能够看到,许多小说创作者都掉头转而开始写"刑侦"类题材:警方通过种种侦查手段破获命案抓捕凶手,或是加强挖掘剖析由命案引出的形形色色的人物以及他们的内心独白。简而言之,现在是"社会派"大行其道,"本格推理"的生存空间,在现代的高科技刑侦手段下,仿佛在被进一步压缩生存空间。

然而,紫金陈的《高智商犯罪》系列却反其道而行之,在当代社会里写起了许久未有人写的本格派小说。这部小说的布局让我想到二十世纪九十年代那些刑侦题材小说和影视剧,以及美剧里那许许多多的追凶题材:刑警们走的是现实路线,用现实生活中的常识和科技手段断案;但是小说的情节设置却是十足的本格推理小说路线,谜团广布,悬念重重,揭破一层还有一层。凶手和警方斗智斗勇、隔空交手,端看哪一方快人一步,又看哪一方料敌先机。作为读者,不得不说,当我看到第一部结尾处所有线索全部归拢到一起,步步连环形成了一条完整的证据链,而警察高栋心知肚明的真正凶手徐策却就此脱身,既完美实施了复仇计划,又实现了自己的胜利大逃亡时,不由得拍案叫绝,只觉得一种用逻辑抽丝剥茧所带来的快感冲上头顶。这种眼睁睁看着散乱碎片拼成完整图画、一颗颗珠子串成一条流光溢彩的珠链的爽快感，永远都是本格推理小说的独特魅力所在。

按作者的说法，科技手段在加快警方办案速度的同时也造成了警方对它的依赖症，所以只要用一个小小的心理学上的障眼法就能屏蔽掉这些科技手段。也确实，以一个县城来说，小说里的摄像头数量其实超过日常生活的水准。但就在这样的前提下，机智过人的凶手主角仍然能用巧妙的方式规避这些无处不在的"天网"，甚至利用它们误导警方的调查思路

如果说《高智商犯罪》第一部是一部完全的"爽文"——既报复了"坏人"，又让凶手和警察双方都获得了一个"完满"的结局，那么它的第二部则更像是一个悲剧：凶手主角为了让自己想要保护的人一直能得到保护，不惜牺牲自己的生命与名誉。很多人都说《谋杀官员》系列是东野圭吾的风格，就我个人感觉，确实有相似之处，但并不相同。

东野圭吾的《嫌疑人 X 的献身》和《谋杀官员》第二部主题非常相似，都是讲一个暗恋女主人公的男主人公在对方毫不知情的情况下为对方做出惊天牺牲的故事。但是尽管东野对石神和母女俩都表现出了非常同情的意味，但仍然在结尾处安排侦探和警察找到了他全部的谋划，让他的计划以失败告终。但《谋杀官员》系列不一样，第一部主角全身而退，第二部目标完全达成，第三部，虽然没有成功救到凶手想要救的人，但是至少，他自己逃掉了。我觉得这也是两人态度上的根本差别——东野圭吾仍是老派侦探小说的思路，侦探必须最后得

到真相,凶手必须得到惩治。而紫金陈则彻底站在了凶手的角度,愿意让凶手逍遥法外。

这里就需要讨论这部系列小说最让人诟病的所谓"三观"问题了。需要说明的是,小说的前三部三观上基本是统一的,那就是完全彻底站在了凶手的立场上,将警方视作阻挡在凶手报复之路上的敌人。这种感情让习惯了传统推理刑侦小说模式的我非常不适应。

但是同时,《高智商犯罪》表现出来的思想态度和世界观又让我感到心情复杂。如果说世上大部分人都希望世事同时遵循着"程序正义"和"结果正义",那么这个故事则是彻头彻尾的"结果正义"至上论——它让主角们选择了自己内心的正义,杀掉用自己手中的权势作恶的恶人,并以此达成自己的目的。并且,如果说第一部勉强可以算混乱善良——因为主角徐策杀的确实都是恶人,虽然最后那个情妇不算太恶——但后两部孩子也杀、家属也杀的情节就很难算得上善良,两个主人公想要得到的也不是正义,而是对另外一个人挖心裂肺的好。

当然,这种"混沌"与"恶",也一直是作者紫金陈的个人特色。无论是最开始的《高智商犯罪》系列,还是后面的《推理之王》系列,我们都可以看出紫金陈一贯爱将角色们在开场就推进一个极端的、可怕的、几乎万劫不复的境地,而权势——或是至少比主角们更有权势的角色,则牢牢压在他们的头顶。作为生活在法制社会中的一员,我们本能地对同态复仇乃至更疯狂的行为皱眉,但当我们以凶手的视角看来,却又觉得这的确并非不可理喻,甚至可以说是压迫下爆发的反抗,而令人若非心生同情，则是长久唏嘘。

　　当然，无论如何，故事始终只是故事，而不该成为衡量读者道德标准的尺子。倘若能接受其中的争议之处，应该也会很喜欢这套书。

惊悚乐园

《惊悚乐园》:
来嗑一包怪味豆

　　我会喜欢《惊悚乐园》,实际上是个很奇怪的事情:作为一个中年人,我对 ACG[①]文化实际上真的没有太多的敏感,这本书里却充满了不熟悉 ACG 就不懂的梗;我不喜欢主线混乱没有逻辑设定的文字,这本书的主线却非常混乱,设定也基本看不懂;我胆子很小,不太敢看惊悚恐怖小说,但是这本书里充满了惊悚的片段;同样我也不喜欢灌水文,这本书的后半段却水起来肆无忌惮;最后我不喜欢作者乱入到小说里,因为那样会造成逻辑障碍,然而这本书的作者却不止乱入了一次……

　　但我仍然喜欢它,虽然第一遍看的时候并没有看完,不过在弃书一年之后,我又重新捡回了这本书。原因很简单:在这一年当中,我翻了各种网文,都没能找到看这本书时那种时时处处充满意外的感觉。它处处充满了"自嗨"式的玩梗和肆无忌惮的怪话连篇,甚至有"强奸读者的意志"之感,可是,它在

----

　　①　ACG:即动画、漫画、游戏。

这遍地光怪陆离中仍然充满着各式各样让人拍案叫绝的惊喜，仅仅因为这一点，它就不愧被称为"神作"。

即便是算上我看过的这么多网文，《惊悚乐园》也真的是一部非常奇葩的小说。它的主线（姑且算它有主线）和感情线（姑且算它有感情线）都可以说是烂到无以复加，但是作为一本披着网游外衣的无限流小说，这本小说中又实在拥有着让人心甘情愿无视那种种缺点看下去的原因——那就是这个故事中既炫酷又吸引人的副本。这些副本淋漓尽致地体现了作者三天两觉神奇诡异的思路、疯狂迷幻的想法，只觉得他在胡言乱语又无法反驳，既啼笑皆非、张口结舌，又控制不住自己的好奇心。这二者叠加造就的阅读快感，是其他任何小说难以取代的。

与此同时，这个故事中愚蠢、无聊和凑字数的剧本也很多，甚至居然有个副本的章节名就直接告诉你它是灌水章节——然而这个副本却普遍评价不错。即便《惊悚乐园》已经被称为作者三天两觉最"商业化"的作品，但在这个文本中充斥着的，依然是他天马行空、离奇诡异的想象，以及随心所欲无比"自嗨"的行文风格。在真正翻阅之前，我们完全不会知道这个剧本到底是精彩还是愚蠢，甚至即便是对于同一个剧本，不同人群的评价也会千差万别。看《惊悚乐园》，就像是吃一包哈利波特故事里的怪味豆，充满了各种奇妙又神秘的口味，在吃到之前你完全不知道这颗豆子会让你爽得欲仙欲死，还是会让你恶心到把胃液都呕出来。

好吧，听上去我不像是在推书而是在黑书的，其实并不是，因为以上这种种确确实实存在，又确确实实无法掩饰这本书的魅力。对于喜欢看正剧的读者，这本书可能会被嗤之以鼻，只觉得是一本充斥着自我陶醉的废话集；但对于脑电波能接上的读者，这本书可能让你如痴如狂，简直是"打开了新世界的大门"。或许正是为了贴合这种几乎可以说是"神经病流"般的风格，作者大手一挥，本书的主角直接就被设定成了一个神经病——一位名为"封不觉"的推理小说家，在某日忽然发现自己感受不到"恐惧"这种情绪的存在了。为了让自己找回恐惧，他购买了全息游戏"惊悚乐园"的设备，就此成了这个游戏的玩家，也逐渐开始了属于自己的传说。

作为一本"披着网游皮的无限流"，主舞台"惊悚乐园"虽然说是网游，其实主要的模式乃是一名到多名玩家随即进入不同的"剧本"中，以不同的限制条件完成不同的目标。这些他剧本有的是原创，有的则魔改了 ACG 乃至影视作品。与其他靠装备、靠热血或者是靠血脉变异的无限流完全不同，将自己的游戏 ID 命名为"疯不觉"的封不觉在副本里面极少靠打斗以武力破局，而是靠智力用解谜的方式通关。这让很多副本写得就像是一部拥有多个风格和各不相同单元的悬疑恐怖推理小说，让读者屡屡拍案惊奇、大声叫好，有时又会因为书中的描述而冷汗涔涔、脊背发凉。而在这个过程中，"疯不觉"不但会贡献让人拍大腿的推理，更会贡献让人拍脑门儿的"大放厥词"，偏偏又似乎的确很有道理，让读者简直觉得自己的智商和精神受到了洗礼。

抽丝剥茧的剧情进展，加上作者的疯狂自嗨式玩梗、偶尔中二爆棚的行文，让本书读来感觉拥有一种谜一般的魅力与快感。由于这样的构成在主角独自一人的"单人剧本"出现得最多，因此单人剧本也几乎个个儿都是读者眼中的精品。如果这真的是一个以一个个剧本单元串联到一起的故事，那么我猜这部小说或许比起现在还要更火爆，然而问题在于，作者并不满足于这样的故事模式。

这个名为"惊悚乐园"的平台并不仅仅是一个单纯的游戏。随着故事的发展，我们可以看到这居然还是神魔的竞技场。无数源自作者脑中宇宙的神魔鬼怪在其中粉墨登场，游戏里的 NPC 又一个个地"觉醒"抗争，为此作者还发明了维度的概念——这让《惊悚乐园》看上去不再是单纯的"无限流"，而更像是一本魔幻小说。在初期，这样的设定让所有人的立场都摇摆不定，仿佛稍不留神就会崩塌的积木大厦，而封不觉的武力值也偏低，于是这便成了智谋上持续不断的交锋，种种反转和展开如同十环过山车让人目不暇接又肾上腺素飙升，就一个字——爽。

这样的爽在 S1 大乱斗中达到了顶峰。经过之前的种种随机剧本，封不觉和他的发小儿王叹之遇到了各种各样不同的玩家，与他们建立起了一定的友谊和联系，也让读者逐渐熟悉起这一个个各不相同的角色。在 S1 中，游戏 NPC 的觉醒给玩家带来了莫大危机，却也让他们暴发出了全部的勇气和斗志，在多个战场中与敌人英勇作战直到"死亡"的前一刻。虽然这场乱斗脱离了以往一向的智斗，但绝对是本书前半部分的最高潮之处：游戏 NPC 正式走上舞台、宣告自己的地位，而近乎热血少年漫画的爆发式战斗,以及其中微妙的中二感,都轻而易举地让读者沉浸其中,为之激动不已。

然而很可惜,S1乱斗不仅仅是高潮迭起的一大章节,同时也是本书的一大转折点。在此之前,封不觉和他的同伴们解决剧本的办法基本上都是通过推理及各种出人意料又奇异地合乎情理的"神操作",战斗虽同时存在,但绝夺不去"智谋"的地位。但在S1之后,主角的武力得到确认,之后便几乎完全变成了作者的自嗨式写作:种种神魔和NPC交织在一起,立场反转反转再反转;主角不再更多地依靠智谋,而是时常直接以武力开路;在故事后期,本书居然真的出现了主线,而这主线实在太过离奇,并且是作者上一本书毫无解释的延续……总之,就是一个大写的"乱"字。

而若是抛开这部分主线,如前文所说,这本书最大的亮点其实一直是作者原创或者在其他作品基础上魔改的游戏世界副本的剧本。鬼气森森的气氛渲染、奇诡难言的故事设定、压抑沉闷的人物背景、亦真亦幻的场景转换、斗智斗勇的谋略推理、极限翻盘的神级操作,加上犀利的吐槽和中二的话语、让人无言以对的胡言乱语和哭笑不得的行为举止,这才是《惊悚乐园》的精髓所在。总的来说,越是早期、越是主角实力较差、越是惊悚恐怖的副本越有看头,越是后期的副本越没意思——毕竟,和作者三天两觉那神鬼莫测的脑子贴合得最好的,依旧是那种神鬼莫测的骚操作、神推理,那种迷离魔幻的想象和发挥,而非打斗。

最后还是想说说三天两觉这个作者。这是一个严重"偏科"的作者，他特别适合的或许是设计精巧的短篇小说,长篇——尤其是带有感情戏的大长篇真心不适合他。或许,这也是这种才华的一种体现——在作者那长势奇诡的脑海中,闪烁着灵光的点子数不胜数,但一旦放任这些点子自由成长,便会促成"自嗨"式的写作,而非扎扎实实的长篇布局,以及稳重的情感基底。事实上,在三天两觉的写作生涯中,他那诡异的感情线和长篇的剧情走向一直是连他的死忠读者都不得不吐槽的部分,但——

倘若你真的和他脑电波接上了轨,倘若你真的沉迷于他所写下的奇诡创意和神奇操作,那么那种种缺点,又有什么所谓呢?

末日乐园

《末日乐园》：
飞扬跳脱、不落窠臼的女主奇文

　　我们经常有个观点，那就是"女读者和男读者的关注点大多数时候也不相同"，比如男读者更看重"主角的功业"，女读者更看重"主角的感情经历"，其实在网络小说的早期不是这样的。那时网络小说还很少有针对某一性别的说法，更多的是类似《佣兵传说》《紫川》这样男生和女生都会有共鸣的书。比如说现在已经被起点中文网归入女频的两本女作者作品《都市妖奇谈》和《随波逐流之一代军师》，那时候也都在男读者中有很高的人气。男频与女频的分家带来了男女读者群的互相割裂和彼此歧视，女生觉得男频全是种马，男生觉得女频全是霸道总裁。就是我这种无书不读型的"选手"到了书店看见那一排粉红封面上缀大花和幽怨女子的小说也不太碰了。

　　如果说女读者还有一部分在看起点中文网主站的话，那么男读者又有多少人还在关注女频呢？

　　好吧，一时感慨写多了。我真正想说的是，作为一个男读者，如果你想去了解女频小说的话，《末日乐园》是一个很不错的开始：它是起点主站文中非常常见的无限流升级题材，女主角也从头到尾没有要谈恋爱的想法。当然，如果仅仅如此，它也不过是大流中平平无奇的一员，但我可以保证，这是一本迄今为止，都没有相同题材的无限流。在故事一开始，它就为我们呈现了一个精彩的开头——

"我觉得，我男朋友好像……想杀掉我。"

在一个酷热的十月，林三酒忍不住向好友倾诉自己的心事：她那帅气多金、温柔和善，几乎样样完美的男朋友，在她眼里却越来越可怕，越来越让她背后发凉。友人不解，她自己也觉得无稽，然而就在当夜，她发现自己的预感竟然是真的——而这并不只是一个恐怖悬疑故事，所以林三酒发现——在自己深陷危机的同时，整个世界也已经变成了极度高温中的地狱！

末日到来。

读这本书的时候，兴许许多读者的第一感受都是刺激，特别刺激。无论是作者对氛围的渲染、对人物的刻画，还是那种种神奇的特殊能力和道具、副本乃至许许多多个"末日世界"，都充满了天马行空的想象、颇为有趣的各式吐槽，剧情也是经常不按常理出牌。看这个故事，就像是在坐一部不知会通向何处的云霄飞车，读者永远不会知道下一刻会遭遇怎样的剧变、下一个地方会是什么风格，如万花筒般奇诡难料，每面临一个新的情节都如履薄冰。当然，这种奇诡难料，很大程度上是寄托于这个故事的背景设定。

这是一个崩坏的世界。林三酒在自己身陷危机的当夜发现末日已经降临到了这个世界：高温，极度的高温，足以让几乎所有人类死亡的高温。电力崩溃、大海蒸发，除去一些仅存的庇护所，全球百分之九十九的人类都在这极度的高温中死去，除了那些"进化者"和"堕落种"。

并不仅仅只有一个世界遭遇了末日，在这茫茫宇宙之中，无数星球的命运皆是如此。为了适应"新世界"，人类一共发展出了两种进化方向——进化者和堕落种。不同于仅仅只是多出了许多奇怪能力、本身还是原来的人的进化者，堕落种皮肉干瘪、原本属于鼻子和嘴巴的部分长出长长的口器，丧失所有正面情感，无愧于"堕落"之名。然而，即便如此，在末日世界中最可怕的远远不会是思维能力薄弱、"非我族类"的堕落种，而始终是长相和人类自己一样的进化者、末日降临后形成的未知天灾，以及那种种仿佛只想陷参与者于死地的副本。

如此奇诡难言，如此危机四伏，如此深不可测——这就是《末日乐园》的世界。末日后的新世界本就让人提心吊胆、战战兢兢，然而更可怕的是在十四个月之后，所有的进化者都必须被传送至下一个末日世界。原本打下的社会基础会荡然无存，原本结识的朋友会再度分开，原本已经习惯的末日世界变得重新陌生，甚至很可能一抵达目的地就被新的末日元素所杀死。末日带来了数不胜数的悲剧，但也正是因为如此的末日，这个故事才如此精彩，如此悬念迭生，如此吸引读者看下去、再看下去，看角色们如何破局、看角色们如何活下去、看角色们的未来将会如何。

同为有点另类的无限流，《惊悚乐园》很像是一个疯狂科学家脑子里一团乱麻的天才想法,有一些创意惊世骇俗,令人叫绝,也有一些是平庸的、甚至让人深恶痛绝的。而且它们并不系统化,就像我之前所说的,就像一罐怪味豆,吃到嘴里之前不知道某一段情节合不合口味。而《末日乐园》更像是一截作者精心挑拣串成的珠串,不能说没有写作水平上的起伏,但是相比之下更加精致、光滑且匀称如一,没有随心所欲的乱入,也没有莫名其妙的角色。它的大多数高潮部分剧情都足以让我一口气读完,它所隐藏的悬念也每次都足以让我惊呆。

而如果说《惊悚乐园》只有一部分令人细思恐极的话,《末日乐园》中就有很大一部分是真真正正的恐怖小说了。比如,当你从一个复杂而恐怖的梦里惊醒,世界末日的恐慌、死去亲友的断肢残臂、凶残的怪兽、并肩作战的战友们……一切在你的脑海里渐渐变成星星点点的零散回忆远去了。吃早饭、挤公交车、上班打卡、相亲……你又回到了原来那种平凡庸常的生活。只是偶尔有那么一瞬间,你会想起梦里的怪兽 BOSS 有一种超能力:让人身处幻觉之中……

作为一个胆小鬼,我在书中至少三个地方感受到了十足的恐惧。特别是在"如月车站"开头,用比较俗的形容词:就像一只手在攥着你的心脏,感觉到浑身都在发抖。还有在名为"红鹦鹉螺"的游乐园中,林三酒在鬼屋中的遭遇恐怕让许多读者都留下了深刻的印象与心理阴影。恐怖的氛围加上出色的谜题设置和作者飞扬跳脱的思维,让这本书时时处处都充满了惊吓与恐惧,但也永远充满了意外与惊喜。

但作为读者,不得不说,我觉得最为"惊喜",也最为不可思议的,依然是林三酒这个主角。她的超能力不太强,但道具却强到逆天;总是有一些看似没什么用的东西,却在特定环境中发挥出了惊人的效果。作为一个活在危机四伏的末日无限流中的主角,作为一个遭受过背叛和种种变故的主角,林三酒拥有近乎不可思议的善良和保护欲,甚至被读者戏称为"老母鸡"。她当然也杀过人,也伤过人,甚至也在绝境中做过把其他人拖下水的事情,但林三酒依然保有着一份善良和正义。她变得越来越强,但有时候又让人觉得憨直,有点儿傻,甚至有了"林大强"的外号。她一直在努力让自己能够帮助甚至庇护其他同样在末日世界中挣扎的进化者,甚至有时不惜使自己置身险境。也正因如此,她收获了许多愿意真心与她相互帮助的可爱伙伴。我喜欢最开始那个有十多个人格的卢泽,喜欢那个骄傲的兔子干部,当然更喜欢那个浑身散发出人格魅力的猫医生胡苗苗。其他一些配角也很有意思,比如那个永远不会被拆开的礼包,比如那个刚出来时很屌,后来很惨很惨的人偶师……

这种种特质,都让林三酒依然像"一个人",一个有血有肉、会犯傻会精明、会冲动会理智的人,而非种种或妖孽或思路诡异,总之就是不像人的角色。有趣的是,很多读者都因此将她评价为"圣母",甚至让作者须尾俱全恼火地写出了一个"符合末日无限流核心价值观"却活不过五章的"真男主"。但与此同时,当林三酒做出不符合"即便自己死掉也要保全他人"的举动时,又会被指责罔顾他人意愿,将无辜的人拉下了水。然而仔细一想，当人处于这种可怕的末日环境之中，或许又的确无法得出一个万能的对策，无法让所有人都称心如意——不然，如何证明这末日的酷烈？

而在如此酷烈的环境中，"挣扎求生"以及描绘种种奇异世界，却似乎并非《末日乐园》最重要的主线。手段恐怖骇人的"研究者"女娲，难以捉摸、不知道目的为何的宫道一，温柔却诡异的斯巴安，种种身负绝大秘密的神秘角色和他们背后的组织接二连三登场，就连"末日"本身似乎也大有来历。只是——作者须尾俱全已经说了两年的完结，至今仍然遥遥无期。作为读者，我们实在也只能耐心等待了。

小蘑菇

《小蘑菇》：
人类的末日生存法则

　　刘慈欣在科幻巨著《三体》中说，文明、繁荣和稳定只是短暂的"恒纪元"，混乱的"乱纪元"才是人类文明社会的常态。或许，人类的末日并不像我们曾经想象的那样遥不可及，并且不可捉摸。晋江文学城作者"一十四洲"在《小蘑菇》中就描绘了一幅让人窒息的末日图景：2030 年地球磁场突然消失，生物基因突然变异，人类只要被感染就会变成"异种"，甚至最后连最底层的规则也在悄然发生变化，人类文明一退再退之后，退无可退，只能在无边无际的灾难世界里逐渐异化，变得越来越不像是人类。短短一百年的时间，就彻底忘记了曾经文明的荣光。

　　本书并不像很多经典科幻小说那样，有基于科学原理的缜密推理支撑，它更像是在提出一个近似于"克苏鲁"般不可名状的末日世界假设之后，再对人类文明的未来处境进行推演，试图构建一个摇摇欲坠如烛火将息的人类社会，那到底是何等面貌？有趣的是，小说的主角恰恰不是人类，而是由蘑菇变异而成的"异种"安折。他从遍布怪物的深渊中走出，由旁观者视角逐渐融入人类社会，看到一幅幅末日时代的人类社会图景。

书中有许多震撼人心的场景：呼啸而至无孔不入的恐怖虫潮，深藏地下、戒备森严的基地，女性沦为生育工具的蜂巢……但最让人动容的，还是一代代人类勇士为了拯救沦陷的人类文明的努力，在读到第 34 章"致后来者"的信时，我既为薪火相传、不屈不挠的人类守护者感到骄傲，又不禁为这些无名勇士守护的人类文明并不乐观的未来感到悲伤。毕竟"人类利益高于一切"的大旗，也无法掩饰人类文明本身的异化。书中重点探讨了事关"人与非人"重要分界点的两大议题。

第一是"审判官特权"：由于异种可以伪装成人类，只有少数有天赋的"审判官"才可以发现它们的细微不同，所以人类赋予了审判官超越法律与道德的超级特权，可以不经法律程序随意处决他人——一切都出于他个人的"自由心证"，特别是掌握最高权限的"审判者"陆沨，甚至可以一声令下清洗全城 60% 的人口。这样凌驾于全人类之上的审判者制度，毫无疑问是对人类文明的挑战。如书中所言："上帝审判世人，尚且有善恶作为凭据，审判者却可以不说理由便随意开枪杀人。"但对人类文明存续来说，这样的审判官特权却又是必要的，就像《三体》系列中的"执剑人"一手掌握着两个世界的命运一样，人们反抗审判官，但是又离不开审判官，因为如果没有最高执法权，异种就可以轻松潜入，毁灭全人类。"不要温柔地走近那个良夜"，说来容易，做起来却是难上加难。

第二则是"玫瑰花宣言"，所有人类女性都要发出誓言：

"我自愿献身人类命运,接受基因实验,接受一切形式辅助生殖手段,为人类族群延续事业奋斗终生。"也即是说,女性必须在"蜂巢"中像是昆虫一样不断生育,把自己的身体完全奉献给人类生存大业,舍弃掉一切作为人类本身的理性、爱欲和梦想,成为一个纯粹的生育机器。毫无疑问,这样的悲壮牺牲是即将凋零的人类文明所需要的,但是对于女性群体来说,这样的献身到底值得吗?在"人类利益高于一切"的大旗之下,被碾碎的个人自由权利,到底还值得维护吗?人之为人,到底底线在哪里呢?

书中的人类可以轻易转化为异种,这很有可能也是作者的隐喻。或许一再退让,早就越过底线的人类文明本身也早就已经异化成另一种大型异种,只是人类自己还浑然不觉。就像那位审判者陆沨的"母亲",其实早已被异种侵染,在合适的时机突然变成昆虫形态的"蜂后",侵染"伊甸园"中所有的人类胚胎,让这个基地中的人类再也没有未来。

《小蘑菇》塑造了一个宏大壮阔、令人震撼的未来末日世界,又用细腻的笔墨描绘了诸多末日世界中的人与事,为读者展现了人类文明灭绝前夕的灰暗生存状态。但是略显遗憾的是,作者似乎并没有打算去深入探讨末日中的种种深刻议题,而仅仅是想给主角们提供一个谈恋爱的世界背景,仅此而已。

大医凌然

《大医凌然》：
硬核医生喂你吃下欢乐豆

　　网络文学界描写医生的作品并不少见，但是充满硬核医学知识的并不多。而在这之余，还天天欢乐得有如小品、热闹得像是真实病房的，我只在《大医凌然》里看到过。

　　"缝合术""推拿术""止血术""断肢再植""跟腱修复""关节镜手术（膝盖手术）""阑尾炎手术""气管手术""心脏复苏""肝脏切除""淋巴清扫术"乃至之后的等等，从急诊科到手外科再到骨科、肝胆外科，种种手术手法目不暇接，每一个手术步骤都写得详尽、专业、入微，甚至有读者在起点中文网"本章说"里讲："看作者写了几遍手指缝合术之后，我都会做这个手术了！"

　　作为一个没读过医科学校的普通人，对我来讲，本书最厉害的地方就是作者对医学、医生专业知识的收集考证上，而这也是我眼里《大医凌然》的最大特色。它为读者展示了我们眼里神秘又必不可少的手术室，告诉我们从病人进入医院到医生开始拿刀的每一个流程，还告诉我们医生将会如何选择下刀方式,如何对患处进行处理,手术过程如何进行,医生们喜欢在途中听什么歌、聊什么段子,愈后要注意些什么,为什么要注意这些……

很专业,非常专业。但因为专业就枯燥了吗?当然不是。专业只是《大医凌然》的一大特色,本书的另一大特色就是——爆笑。

男主角医科大学生凌然某天突然发现自己身上出现了一个"系统",并赠送给了自己一个"新手大礼包"。他为此怀疑自己精神失常,便测试了一下自己的精神状况——作者顺便在这里为读者科普了一下各种测试量表——事实证明,他距离精神病,还是有 0.55 的差距的。由此可见,虽不知原理为何,此系统确实存在,此新手大礼包应该无害。不过,在点击接受之前,还是要先找个空旷的地方。毕竟要是里面蹦出来一个变形金刚,岂不是给国家造成麻烦?

本章说:男主你想多了,要真是这样,这书就得改名了。

在专业知识之外,一本正经地胡说八道以及胡说八道着一本正经乃是《大医凌然》的一贯风格。如果要下一个定义,那么本小说非常接近情景喜剧的模式。它的构成实际上非常纯粹,有固定的场所和主要角色,情节几乎全都围绕疑难杂症和救死扶伤,每一集都是一个充满了欢快气氛的故事,除此之外并无其余情节冲突。三宫六院? 雄霸天下? 威风八面? 冲出宇宙? 本文通通不存在,因为男主心里只有做手术让自己快乐,以及变形金刚。

而这样清心寡欲,内心毫无波动,心中只有手术和变形金刚的男主凌然，却偏偏长了一张帅脸。之所以只用"帅"字来形容，是因为在文中，凌然的帅已然是一种法则性的存在：没有人能否认他的帅，没有人能帅得过他。不需要如何描述他的五官，不需要怎样描绘他的气质，总之读者就是知道，男主很帅，男主超级帅。为此，医院众多护士小姐姐前赴后继地来投喂凌然，而有礼貌的凌然也会回赠小礼物。医院内部的零食投喂群每天都如火如荼地开展着业务，实在是可喜可贺，皆大欢喜。

帅，除了手术和变形金刚，还有美食外，欲望极低，这就是《大医凌然》的男主角。他是男频小说中极为少见的清流：专业、冷静、思维缜密，像机器人一样自律，几乎没有任何与世俗有关的欲望和兴趣。这样的设定实际上为整个故事规避了大量传统小说中都会有的情节，而将舞台一直局限在"医术"这个主题上，这些鲜明到极度显眼的特质，也在持续不断地为故事增加着笑点。

不光是他，故事里几乎所有人都有如此极度鲜明的特质，而这些特质又与每个角色本身息息相关。如龙行虎踞霍主任、家财万贯田柒、猪蹄致富吕文斌、大内总管左慈典、飞刀一万王海洋、圆凳精苏嘉福等等，有名有姓的人物几乎全都自带"梗"，这些梗不停重复出现，不停强化着读者对他们的认知。这是一种扁平化的写作手段，但在这部几乎就是长篇情景喜剧的作品中非常好用：

医生也是人，除了凌然这样身负系统的变态人物之外，作者用这些角色身上的"梗"强化他们"接地气"的人性一面，围绕着这些梗做文章，让他们变得亲切有趣，让人哈哈大笑。本是唯唯诺诺住院医，却因卖猪蹄而能购置宝马的吕文斌；理论上的巨人，现实里的手残，以及身高极矮的余媛；因为一天二十五小时都要在麻醉室工作，将唯一可供休息的圆凳视若生命不放手的苏嘉福……

非常好笑，甚至在这样的写法之下，人物本身就已经成了一种笑点，便如同经久不衰的"孔乙己"，当看到他们出场，便如同看到孔乙己走进咸亨酒馆，"本章说"里便洋溢着欢快的气氛。但在好笑之余，作者用这样的扁平化手段已经渐渐写出了一个栩栩如生的医院生态。这个生态乍看之下简直让人喷饭，但仔细一想，却是作者特地用这种欢快的语调，将现实的医院刻画得生动翔实。在大笑之余，读者也会对里面提及的种种辛劳给予认可、理解与同情。而在这之外，一些潜规则、一些无奈、一些彷徨、一些痛苦，也都埋藏在了密密麻麻的笑点之下。

这个故事没有主线，就连情节发展最大的动力——"系统"，也非常纯粹。它没有任何恶意和阴谋，也不会阴阳怪气说骚话，几乎没有任何人格可言，只会默默给凌然送宝箱，关键时刻送任务。我其实有个大胆的猜想，所谓的"系统"其实可以看作是凌然自己身体里面附属的，对变好、变强、成为世界第一的渴望。

因为系统的帮助，凌然才能以实习生的身份，成为举世闻名的明星医生。虽然他没有任何权力欲，甚至寡言到不愿多说一句话，但是因为有了无敌的完美级手术水准，凌然还是在医院里面混得风生水起。毕竟医生跟其他职业不一样，说一千道一万，最后还是要靠技术说话。

但没有系统、没有凌然的高超医术、当然也远远不如凌然帅的其他人呢？

不需要有主线，不需要有其他情节，因为无论故事如何欢乐，只要这个故事的主题依旧是"大医"，便始终要扎根于现实，而关于这个主题的现实绝不可能轻松到底。实际上，若是仔细一想，文中几乎人人都有各自的困境：或是对于自己水平无法进一步的无奈，或是对年岁已大精力不济水平已开始下滑的不甘，或是起早贪黑连轴转在猝死边缘挣扎的疲惫，或是因出身不好眼看着要在越来越小的地方度过余生的恐惧，或是眼看着自己患上足以改变人生的病痛却不得不接受的痛苦……

直到他们遇到了凌然。

凌然的存在不仅仅是"帅""医术高超""么得感情的手术机器人""满脑子只有变形金刚"等等的梗和标签，他实际上也为书里的其他人物带来了翻天覆地的改变和希望。跟腱断裂的运动员因他而重上赛场，身患重病的大学问家因他而康复痊愈，身受重伤的伤员因他而捡回性命……实际上，在这个"么得感情"而且被描写得极其夸张的主人公身上，寄托着作者和所有普通民众的朴素愿望：希望我们的生活中、我们的世界里，也有这么一位大医。他医术极其高超，只要经他的手，手术便能有最大的成功率。与此同时，他还孜孜不倦地一直努力，他教导新人和后辈，他开发副作用更小、疗效更好的新术式，他永远能做得更好，为世界医学添砖加瓦，而最终，受惠的始终是我们。

作者志鸟村为了写作这部小说做了大量的准备："认真地读了一些书，看了一些手术视频，去医院游荡了一阵子，在手术室实地考察之后才落笔的。"他用大量的技术细节让人觉得真实可信，仿佛我们的眼睛就是摄像头，在拍摄医生们的日常生活和日常工作。在这之上，无处不在的志鸟村式幽默则为这医院中的一切都蒙上了让人或会心一笑或拍桌大笑的外衣，让读者轻轻松松就接受了这样的医生们，也理解了这样的医生们。

总之，我觉得《大医凌然》的本子天然就是优质的情景喜剧，主角既帅得惊天动地，又严肃刻板得如同冰山，清爽不油腻。配角团各具特色，身上都带着自己的梗，"每一集"都写得足够可爱。如果电视剧能够按照原著去拍，不胡乱添加莫名其妙的剧情，不试图改变主角和配角的性格，应该会成为一部非凡的电视剧作品。

大国重工

《大国重工》：
回到过去，拥抱改革开放新时代

    自网文出现以来，"穿越"就永远是绕不过去的一个题材。穿越穿越，那么多人写穿越文，到底是为了什么？

    无论"穿越"给主角实际上带来了什么，既然使用了这个设定，自然是为了在思维、科技、文化、制度等领域，让两个世界或是两个时代产生的碰撞。有人利用穿越搞"发明"赚钱，有人利用穿越当"文抄公"得名，有人利用穿越进行"重建制度"获益。这些穿越客遍布上下五千年、全球各地，甚至还有大把穿越至各种异度空间继续兴兴旺旺搞发展。

    但是如果给我一个穿越重生的机会，我最想回到的却是改革开放之初，那个百废待兴又的确走了很多弯路的时代。齐橙也是这样想的，作为一名毕业于中国社会科学院工业经济研究所的博士，他在 2011 年开始创作的《工业霸主》中，通过讲故事的方式，融入了自己关于中国工业发展的深度思考：主人公利用自己来自未来的信息优势，加快中国工业现代化发展进程，以此弥补现实发展中的种种遗憾，让中国工业昂首站立在世界民族之林。之后,齐橙又接连在起点中文网创作了以材料工业技术为核心主题的《材料帝国》,和现代重型工业发展进步题材的《大国重工》。

《大国重工》中,男主角冯啸辰穿越的"目的地"是 1980 年,也就是深圳经济特区成立的那一年。1978 年 12 月,中华人民共和国决定实行"对内改革,对外开放"的政策。但那个时候,中国的科技还远远落后于国际先进水平,只能说是开始在一条布满荆棘的道路上奋起直追。未来到底如何?所有人仍然心中忐忑。

而作者正选择了这个时间点,让男主角——国家重大装备办处长冯啸辰穿越到了 1980 年,他的想法如何自然不言而喻。可以说,这是一本实实在在的"爱国式爽文":冯啸辰用自己穿越带来的专业工业知识,让中国重工业避开种种曲折,减少种种磨难,无须面对"摸着石头过河"的无奈,直接走上一条已被证明过正确性的康庄大道,直到实现"社会主义工业现代化"。当然,他本人也在这个过程中升职加薪,成为人生赢家。而对于读者来说,我们可以在这个虚拟世界中跟随作者的步伐重捋一遍中国重工业发展史,看到中国实现比在现实中更辉煌的成就,当然,看着我们的情感投射——主角冯啸辰如何步步高升,又是如何带领中国重工业腾飞。而这,自然就是本文之"爽"。

随着科学技术的快速发展,我们生活在都市中的现代人已经很少有机会亲身接触到重工业工厂和生产设备。在互联网时代,看着一年年的科技创新,很多现代人已经意识不到,以能源、原材料加工、设备制造业为主体的重工业，其实才是实现社会扩大再生产的物质基础。

在《大国重工》一书中，作者就借着主角之口，为读者阐明了自己对于重工业发展重要性的认知，以及建议国家进一步发展制造行业的鲜明立场。如果说这尚且仅仅只是一些大而化之的概念，那么同时作者更写下了大量关于工业生产中的常识性问题，包括装备研制、工业试验、产品运输等等。

"一台新装备在工厂下线，仅仅是装备研制完成的第一步。接下来，装备要送到工作现场去进行试运行，检验装备是否能够适合实际需要，这个过程叫作工业试验。大型装备的工业试验有完整的试验大纲，有些需要分成若干个阶段，包含数以百计的试验项目和性能指标。只有完成所有的试验项目并达到指标要求，这种新装备才能通过验收，转入正式生产。

"为了保证装备在不同的环境条件下都能够正常运行，工业试验往往要选择最恶劣的工作场合开展，而且还要设计一些超出正常工作强度要求的试验环节，还要持续足够长的一段时间，以检验设备的可靠性。"

或许，在习惯了看打打杀杀和刺激情节的读者看来，这样的段落确实有些无聊。然而如果是抱着"了解更多"的心态，那么《大国重工》确确实实为我们展现了一幅以前几乎从未有过的，属于"重工业"的画卷。作为中国人，或许正是因为中国实际上"腾飞"不过二十年，许多人对重工业尚且还抱有一种奇特的情怀。各式污染、破坏环境、麻木的工作是真的，但巨型机械运转所发出的咆哮、看似笨重实际上却构造精巧的运转模式、蒸腾而上的大量蒸汽——这些现代文明的基石在运转中展现的惊人力量和庞大气魄，也都是真的。而在其中挥洒着汗水和智慧的技术工人，他们或许只是日复一日地劳动，但他们所做的一点一滴，也正是我们社会所赖以生存、赖以运转的一点一滴。

既然这是国内许多人都会有的情结，为什么这个题材如此稀少？自然是因为这个题材所需要的专业知识实在太多太专业，但这，却恰好是作者齐橙的专业领域。同时他还会深入到工矿企业一线去调查采风，因此他十分擅长写作穿越到二十世纪改革开放初期，利用自己来自未来的信息优势，加快中国现代化工业发展进程，以此弥补现实发展中的种种遗憾。

但凡写穿越到过去，都绝对绕不开"改变命运"这一母题。在这个故事中，作者以南江市钢铁厂要引进 1780 轧机这一事件为契机，成功让主角获得了登场亮相的机会，也为他奠定了走上工业管理岗位的基础。由于政策大方向调整，原本冶金厅承诺的引进资金骤然缩减了 4000 万人民币。这在当时可是一笔天价资金，而钢铁厂以"成套引进日本，图纸四吨无人能看懂"为理由坚持认定无法削减预算——双方陷入了僵持。这个时候，我们的主角冯啸辰以一个小冶金扫洒工的身份，巧妙地为局长化解了难题。这种"点破天机"的金手指，也只有穿越这种题材能够天然地赋予角色。

主人公冯啸辰穿越前是国家重工储备干部，熟练掌握英、德、日、西班牙等多门外语。在二十世纪八十年代那个以重工业实业为重的背景下，他就像武侠小说中的"少林扫地僧"一样,既洞知历史进程,又掌握技术,从点破那套 1780 轧机图纸的玄机开始,就奠定了这是一个主角一路青云直上的基础。

"工业兴则经济兴,工业强则经济强。"这是这个故事最重要的主题。这部"重工业史诗",用实实在在的数据和对重工业发展历史的观察,书写了一个百废待兴的国家怎样走上工业兴国的发展之路。作者对改革开放之后三十余年工业发展历史进行了细致的梳理和解读,同时,还将近年来有关国家重工业发展的研究成果融入其中。此外,作者还指出了改革开放初期重工业发展中的一些乱象,比如吃大锅饭、重复投资、部门保护、不敢购买外国机器设备等。这些弯路在历史上确确实实地阻碍了中国的发展,但在小说里,通过主角的努力,以及作者的推波助澜,这些艰难险阻都被一一克服。

可以看出,这是一本"报国之心"非常重的小说,在"改革开放四十年"的背景之下,这几乎就像是一部"献礼"式作品。如果说其他作者的着眼点更多是在我们教科书上都会有的时间节点——王朝动荡、昏君奸臣、黎民百姓受苦受难,或是"秦失其鹿,天下共逐之"的天下大潮,那么,或许是因为自己的出身,齐橙更愿意献礼于这个正在冉冉升起的新中国。而对于读者而言,抛却其中有些乏味的段落,这个故事一是近——距离我们仅仅四十年,而我们也获惠至今;二是新——虽然非常近,但比起那些上了教科书的历史阶段,这段四十年的沧桑变化却显得并不那么熟悉,反倒可以说颇为陌生,只有在偶尔的长辈谈话中,才能窥见其中的一鳞半爪。也正因如此,对于这部作品,许多抱有对那个时代好奇心的读者,兴许都会看得津津有味,并从中了解自己父辈所经历过的历史。

然而,这个故事的美中不足之处在于,主角一路升级的过程总是通过一些"偶然"的跳级接触高层,直接越级震撼领导从而一路上升。这种戏剧化的情节偶尔出现几次能算是增加了作品的趣味性,但是出现得太多,就让本书的情节显得过于套路化,以致缺少波澜。仿佛仅仅只是为了满足作者作为一个"理工男"心中的愿望,以及告知读者那个时代发展面貌的迫切愿望,这部作品变成了"国家重工业发展"的宏大严肃背景之下,一部情节较为简单的"爽文"。这也是让笔者感到遗憾的地方。

《韩警官》：
贴近现实的新警察故事

　　"网文"的范围实在是太大了，大到几乎包罗万象，一部火了的小众类型作品，就能带动整个类型的爆发性增长，因此我们顶多只能大概笼统地给依照不同题材、不同设定来为它们划分不同的类别。在这种种类别之中，有一个类别向来长盛不衰，那就是"职业文"；而在"职业文"中，"刑侦""公安"题材又或许是最受欢迎的。

　　之所以会这样，大概还是因为广大读者对未知的向往。从"职业文"——当然是写得优秀的那些——当中，我们可以看见一个我们在现实生活中未曾了解过的世界。这个世界距离我们很近，它就在我们日常生活中，仿佛一伸手就能碰到；但它又确实距离我们很远，只要我们不是真的跨进了某个领域，那么其中的细节与系统，我们永远都只能从外界看到一鳞半爪。但在优秀的职业文里，我们可以清晰地看到某个行业运转的脉络和其中延伸出去的枝枝蔓蔓，这无疑大大满足了我们的好奇心，当然，也让我们沉浸在"增长见闻"的快感中。

而刑侦题材小说创作的兴旺，无疑是因为警察这个职业更为"神秘"，也更为"刺激"。在许许多多的刑侦文中，我们都会看到英明神武、睿智机敏的主角对案情抽丝剥茧，并作为刑侦大队长/支队长冲在与黑恶势力和犯罪嫌疑人作斗争的第一线，不时还会来几个催人泪下的幕后故事，等等。多么刺激，多么畅快！

那些黑警、恶警不论，我们平常读到、看到的好警察，不外乎两种形象：一种是清贫、委屈又坚韧的，他们和所有的模范人物一样，舍小家顾大家，无私地奉献着，其中很多人要牺牲自己的生命才会得到上司的一滴眼泪；另一种我们可以称为神探型，他们有着缜密的思维和精准的判断、强壮的体格和敏捷的身手，擅长破各种疑难杂案，也善于冲锋陷阵。至于他们的个人生活嘛，并不是讲述的重点。

但这两种形象都忽视了一点：警察也是一种职业，做警察的人也是普通人，他们也希望有美满的家庭，也希望自己付出的劳动可以获得回报，希望凭借自己的能力获得晋升的机会。

而《韩警官》的男主角韩博，则给我们展现了另一种近乎完美，甚至很多作者想都不敢想的警察形象：高大英俊，作风正派，头脑也很好使，年纪轻轻就位高权重；他从基层派出所干起，平均三年升一级，四十岁不到已经是副厅级；他钻研业务，有公大、北大双硕士学位，又能团结同志有口皆碑；最不一样的是，他父母双全，家庭幸福，有一个从初恋修成正果的漂亮妻子，而且家里非常有钱！

总之韩博做成了让他的警察同行们羡慕嫉妒恨的事儿：

靠能力和业绩成为警界英雄。

但这却又不是那种充满了幻想色彩、仿佛都能看到粉红泡泡伺机而动、以感情线为主的故事。正相反,本书实际上相当"接地气":故事从二十世纪九十年代中叶开始写起,国企改制、下岗转业、提留款、乡镇合并……通过一连串颇具时代气息的名词和细致耐心的细节刻画,作者把读者拖入时间隧道,回到了二十多年前那个百废待兴的时代。而本书主角韩博,也在那个时代大学毕业走上工作岗位。

当然,倘若没有金手指,也造就不了这样的男主角。在一开始的时候,作者就给了主角两个金手指,一个当然是他的"半重生"状态——对未来世界有模模糊糊的影子,这就让他做选择的时候事半功倍;另一个则是他的家庭出身——虽然父母都是农村人,却属于先富起来的那一部分,事实上在本书中,韩博从头到尾都没有为钱发过愁,这也是他能保持刚正不阿的重要原因。

而有着如此金手指的韩博,却并非从一开始就"立于不败之地"——实际上,在最开始的时候,他不过是一个国企工厂的保卫科干部,之后才转战到公安系统。这一段虽然不是本书的重点,但作者并不吝惜笔墨,仅仅几章就塑造出了一个个形象鲜明的人物。其中韩博和北京的女朋友近乎生离死别一段,居然写得还挺感人。当然,即便转到了公安系统,韩博却先掉进了一个"坑"——他被派到了偏僻的良庄乡做公安特派员。

这是一个人人避之不及的岗位。毕竟,大家的梦想都是留在大城市吃香喝辣步步高升,或许还能收到不少油水——但这样一个贫瘠偏僻的乡镇，又能有什么好处？

然而，这却是主角发迹的开始。在这个人人避之不及的岗位上，主角做得风生水起，先是靠替人讨债获得了当地土皇帝老卢的欢心，接着用打拐行动打出了虎威，用打击增值税发票犯罪上达天听，获得绰号"韩打击"。这一连串的事件和办案流程，作者写得既真实细腻又极有层次感，简直栩栩如生、令人深信不疑，往往是通过一个小案子牵出一大堆案子，最后变成天字号大案。作者很可能在基层派出所(队)工作过，字里行间显得对公安基层工作了如指掌。比如说怎么布控治安，怎么安排特情，怎么处置交通事故，怎么处理刑事案件，怎么追踪逃犯，写得头头是道。与此同时，他指出了始终困扰公安机关，但在诸多同题材小说中却无人问津的一个问题——经费不足。

我们在微博上经常会看到指责警察们对于拐卖案件不管事、不立案的声音，除了乡土气的观念影响之外，最重要的恐怕就是出警制止拐卖需要大量经费，尤其是后续处理更需要经费。韩博能把打拐这件事做成，最重要的也在于他能找到经费来源。实际上，让他成为部级英模的"共和国第一税案"，最初的目的仅仅是为了给打拐找点儿经费而已。

有胆有识、能干会干的韩博一举扬名天下知，从那以后可以说一帆风顺。他获得了部级机关的青睐，拿到了双硕士学位，衣锦还乡后开始负责刑侦技术。屡破奇案之后，他又调到西南当上县局局长，扫黑除恶一番之后一路高升，中间甚至还出国到南非待了几年，后回国在深圳做到副厅级。其中最高潮部分无疑是他作为市局副局长和一个黑老大斗智斗勇并最终将其拿下。

如果只看韩博的人生经历,我们可以把本书看成是"警察版"的官场晋级小说。不同于一般官场小说的地方在于,它在其中加入了作为警察侦办各种案件的故事。这些刑侦案件跟以往我们所看的那些侦探推理小说不太一样,它们并不仅仅靠主角的灵光一闪来破案,而往往是通过大量的排查、搜集证据、技术鉴定外加心理分析来破案,一言不合就上摄像头和DNA 鉴定。这在本格推理小说中非常少见,但是这才是警察日常破案所需要的东西。可以说,这是一本真正的"刑侦"题材作品。

而另一个不同之处,则是这本小说中,几乎没有个人英雄主义的存在。在许许多多的同题材小说中,总是会有主角虽身为刑侦支队长、大队长这样的领导却仍然冲锋在前的情节,并详细刻画描述他们的英勇与矫健,突出他们的英勇与豪迈。而在另一部描写警察生涯的小说《余罪》中,主角余罪亦几乎是一个孤胆英雄的形象,即使他也曾经担任过派出所所长等领导职务,所凸显的也往往是他古灵精怪、智计百出的一面,而不是他的领导才能。

《韩警官》则不然。从一开始,作者就将韩博定位为一个领导角色,尽管也表现他亲力亲为亲自上阵的一面,但更多的,依然是他如何分析现有情况、如何发现破局点、如何制订计划、如何调度指挥部下,把一个所长、局长这样的领导该干的活儿真正写了出来,并且活灵活现。我们完全有理由相信,现实中那些能力优秀、手段高明的公安部门领导,也会这样做事。

归根结底,《韩警官》依然是一部带有典型起点中文网小说色彩的爽文,主角几乎没有遭受过像样的失败,即使遇到困难也往往会靠这样那样的金手指克服掉——比如说他一上班就能遇到两个能力极强、人品极好的领导并受益终身,这是多少社畜梦寐以求却求之不得的绝好运气!但是,作者相对严谨的写作态度和细节刻画,对警察工作真实又详细的描述,又让本书脱离了小白文的范畴,堪称耐读耐嚼的警察小说精品。

天才基本法

没有意难平的人生,应该是不存在的。

人生中有很多岔路口,比如高二选文理科,高考选专业,毕业选工作,几道选择题做完其实就已经框定一个普通人的大半人生了,只是做选择的时候自己并不知道,还以为只是普普通通的一刻。

我曾经是一个写作文非常厉害的学生,直到高二文理分班为止,我和我周围的人都觉得自己长大以后会当一个作家或记者,诸如此类。但是到了高二,仅仅因为"理科生大学毕业更容易找工作"这种扯淡的理由,我就放弃了理想去学了理科。到了大学以后,才发现自己对理工科并没有那么热爱,反而对文字的喜好伴随了半生。后来虽然阴差阳错也极其勉强地算是当上作家了,但是其间浪费的时间、走过的弯路不可胜数。所以我常常会想,如果我在高二的时候勇敢选择了文科,自己的人生会不会更加顺畅一些?

《天才基本法》的开头,就是一段让人窒息的"意难平":女主角林朝夕大学即将毕业,在一家中学实习,即将走进一眼就能看到头的庸常人生。然而阴差阳错,她遇到了自己暗恋整整十年的男神裴之,得知对方即将出国留学,从此以后两人将渐行渐远再也不可能相逢。虽然林朝夕早就在心里接受了自己因为平凡庸常和男神无缘的事实,甚至在她高二选择文科的时候就已经亲自放逐了自己的少女妄念,但是当自己真正意识到自己当年的一些"小决定"到底意味着什么的时候,她到底还是意难平。

男神是真的很神,不但脸好看,而且是真正的数学天才,聪明到毫不费力就可以碾压普通人的程度。而且他的性格、见识、人品也无一不佳,如同光风霁月一样让人向往。

但林朝夕并不是完全没有接近他的机会,从小学开始,她就跟他一起学习奥数,但是因为才智普通屡遭这门课程打击,早早放弃了奥数,也成了男神世界里的"局外人"。到她毕业的时候,甚至已经不知道裴之讲的是什么东西。

看似云淡风轻地接受了自己的命运,甚至不排斥相亲,但午夜梦回的时候,林朝夕肯定也想过,如果当初咬牙坚持一下,说不定就能和裴之站到一起。或许是因为上天被真情打动,林朝夕获得了让人生再来一次的机会,重新回到了自己的十二岁。

不过她的重生与其他小说不太一样。林朝夕重生在了一个似是而非的平行世界里,在这个被她命名为"芝士世界"的世界里,她变成了一个孤儿,就连之前的"草莓世界"和她相依为命的爸爸老林都和她素不相识。她只想找到老林。但她紧接着发现,在这个时空里,一切犹未晚矣,她拥有改变一切的能力,和时间。

摆在二十二岁的林朝夕面前的,除了昔日男神裴之即将出国的消息外,更大的打击,是爸爸老林确诊了阿尔茨海默症——同样作为"学神"的老林拥有过人的数学才华,但在这无解的病症面前,他的数学能力终会随着时间流逝而消失,他未完成的研究也将会随之终止。

而就在这个时刻,林朝夕穿越了。

十二岁的林朝夕当然不愿意浪费宝贵的重生机会,但是横亘在她和裴之与爸爸之间最难攀登的高山,还是数学。那些公式、定律、计算、推理对天才们来说,或许只是一层薄薄的窗户纸。但是对林朝夕和绝大多数人来说,不啻重重险关,更关键的是,重生这个金手指只是给了她成年人的思维方式,而不是超越同龄人的数学能力。

要想追上他们的步伐,她必须付出一以贯之的努力、不得懈怠的人生,一刻都不能放松。话是这么说,但是数学真的很难啊!连平时学的数学就足以让许多人望而生畏,更何况是用来筛选数学天才的奥数竞赛,要跟全国乃至全世界的高手们华山论剑,自然是难上加难。

那么,当你感到自己坚持不下去的时候,还会继续坚持吗?如果你必须坚持的这件事,对你真的很重要,如果放弃了一定会后悔?这是一个两难的抉择,坚持下去,不一定有希望,还会额外受很多罪;但是如果不坚持下去,就一定不会有希望,余生永远耿耿于怀。

你会怎么选呢?

林朝夕以二十二岁的成年人的智力和判断水平,三次往返两个世界,在这间隙里她明白了自己能做什么、她能改变什么——她忽然发现裴之与爸爸其实并不是无所不能,他们也有过惨痛的过去和无能为力的时刻。她的青春曾经非常普通,按部就班,埋头学习,接受到来的一切——

但此时此刻,在错过了青春之后,林朝夕拥有了重来一遍的机会和通过学习改变命运的能力。她拼命埋头学习数学,想以百倍的努力和成年人的思维补上自己缺失的时光,离爸爸和裴之近一点儿、再近一点儿,直至获得可以拯救他们、陪伴他们的能力。她在"芝士世界"里拥有了完全不一样的生活、完全不同的朋友、完全不一样的青春——是的,在抛却"天才如何安身立命""拼尽全力去弥补遗憾"这些命题之后,这就是一部用以弥补我们青春的小说。也正是因为故事发生在这样的青春时光里,所以一切的胆大妄为、拼尽全力、中二狂欢、暗自欢喜,都是温柔的,都是坦然的,都是值得高兴和骄傲的。

我们看着林朝夕,仿佛也是在想"如果……"但我们知道世上从来没有如果,也没有能重获的人生,我们的遗憾不会得到弥补,这个世界也根本没有这么理想化、这么美好。但是,正因如此,我们也无法拒绝理想和美好,无法拒绝替自己、替我们重活一次的林朝夕选择付出一生全部的努力,去追寻前方一星一点的希望。我们知道裴之有多么美好,更知道老林是如何的可敬、可亲、可爱,是如何的会为自己的孩子付出所有。我们还知道林朝夕遇到了多少新的朋友,这些新朋友又各自有着怎样的迷茫和彷徨，仿佛另一个我们。于是我们看着林朝夕为了他们重新捡起数学，拼尽全力去咬牙攻克一个个难关，直至最终能站在他们面前，或是与他们一同前进，相互扶持，为他们完成他们的期望——于是，这个故事是多么美好，多么令人动容，直至泪流满面。

"芝士世界"里的老林会想：会不会有那么一个世界，他没有停留，于是他能够多获得十年的时光，而林朝夕在心里可以告诉他，是的，他在另一个世界和她的确从一开始就在彼此身边度过整整二十二年。"草莓世界"的老林为自己再也无法完成提交的研究计划而遗憾，他会不会也在想，要是他能早一点儿发现错误就好了，那么林朝夕的确告诉了他，他做好了所有研究，只不过是他忘了，毕竟事实胜于雄辩。

而无论是在哪个世界里，老林都是最好的爸爸，也是最好的数学家。

三次在芝士世界的重生，带给草莓世界的林朝夕三种奋斗和坚持的力量。她终于明白了"做你想做的那个人和那件事，无论什么时候开始努力都不算晚"。

这并不是一个精悍凝练的故事，它略有些散乱而对很多话题浅尝辄止，比如我们仍未知道天才和普通人的差别，最后的定义也很难以此来判断"天才"与否，而老林的阿尔茨海默症也更像是一个推动林朝夕奋力拼搏的设定，而无对此进行深挖和探究背后延展出去的人文关系。

但这一切放在《天才基本法》里，却是可以被原谅的。"一以贯之的努力、不得懈怠的人生、每天的微小积累会决定最终结果,这就是答案。"这样的结论当然好,但更好的,更能触动我们的,是这其中充满了阳光与汗水、冬雪与拼搏、共同进退与留下回忆的青春。

这是青春,是中国式的青春。这是一个弥补遗憾的故事,这是一个用努力拼搏和百折不挠改变命运的故事,这是一个理想化的美好童话。纵然,它的确还有着这样那样的问题,但——这的确,是一段所有人都会向往的美好青春,林朝夕也是我所能设想的青春里最美好的女孩。毕竟,学霸的光环、永不言弃的精神、一起奋斗一起玩耍的同伴、一起牵手陪伴的学生恋人,和永远会支持自己、帮助自己的爸爸,在兵荒马乱的青春里,永远胜过日后的千军万马。

亏成首富从游戏开始

亏成首富从游戏开始

《亏成首富从游戏开始》：
社畜疗伤圣药

开心麻花团队拍过一部喜剧电影叫《西虹市首富》，大意是说，沈腾扮演的男主王多鱼要在一个月内花掉十亿横财，他努力找了很多看起来十分不靠谱的投资方向，结果阴差阳错不但没亏反倒赚了。本书的设定和它有点儿相似，都是主角拼命想亏钱，却赚得越来越多。但《西虹市首富》毕竟是电影，篇幅要短得多，套路重复几次也没问题，这部小说却是几百万字的大长篇，反复用同一个套路，用了几十次之后还能吸引读者一直往下看，不得不说作者有两把刷子。

主角裴谦（谐音"赔钱"）获得了一个奇葩的系统，每个月可以获得一定数额的财产，他要用这些钱去投资或是创业，如果赚了钱，自己只能分到利润的 1%，如果赔了钱却是赔多少自己拿多少。这样一来，主角当然要铆足劲儿去亏钱了。作为当代大学生，最了解的行业当然是游戏，于是他就去做了一个巨无聊、巨傻×的赛车游戏，完全没有任何剧情、任何奖励，却要在沙漠中花 8 小时跑赛车。谁知这个游戏被一个名叫老乔的视频 UP 主发现，做了一期奇葩吐槽节目，"无聊"反而成了最大的卖点，主人公没能赔钱反而赚了，气得撞墙……

后来的故事都跟这个大同小异，比如说裴总想做一款氪金极少的抽卡手游，谁知请了一个看似萌新实则大佬的原画师，靠品质一举逆袭；再比如裴总后来又做了一款难度大到变态，但是剧情、文案和美术巨牛的动作类游戏，结果成功激发起了玩家们的挑战心，甚至把外国人都吸引来玩游戏了……

大概类比一下，我写网文，现在流行的什么玄幻、系统之类的通通不写，就写最冷门的西幻，什么蒸汽朋克、克苏鲁之类的，越冷门越好，都给整上。你们不是讲黄金三章吗？我前三章坚决不走剧情，事无巨细讲生活环境、吃穿住行，甚至币制。第一卷结尾我还要把主角杀了虐死读者。就不信小说扑街不了！哎哎哎？我怎么订阅榜第一了？

为了完成亏钱大业，裴总专门开了一家腾达公司，所有资本家不会干的好事全部拉满：办公室租最大最豪华的，员工工资福利发最高的，绝对禁止加班，加了班必须领加班费……员工们一看，这么好的老板哪儿找去啊？一个两个都跟疯了一样嗷嗷嗷叫着拼命干活儿，而且因为不能加班，上班时间利用得非常充分，公司业绩蒸蒸日上，裴总越赚越多。

招聘员工的时候，主人公专门挑在其他公司混得不好，甚至毕业即失业的那些混子，比如有一哥们儿一年 365 天泡在网吧玩游戏，主人公很满意，觉得这种混子肯定能让他亏钱，谁知人家是正宗的游戏大神，给主人公开发的游戏提了好多完善的建议，最后一炮而火。

主人公一看这不行啊，就想把这帮被埋没的天才撺出去，于是实行"首位淘汰制"，每年两次，最佳员工可以拿100万梦想基金，随便干什么行业都行，只要不在公司做游戏就可以。次佳员工的奖励则是可以带薪外出旅游一个月，结果每次都是那位宅男老哥被选上，被迫旅游……万万没想到，这帮人出去以后一个比一个猛，于是腾达公司有了一大堆横跨各行各业的牛×子公司。

而且这些公司还能互相联动，比如说做视频的工作室，给一位电竞选手拍了一个很感人的纪录片，虽然没赚到钱，但是这位电竞选手投桃报李反手一个推荐，主人公开发的游戏大火特火了……随着名下子公司越来越多，主人公想亏钱的梦想实现起来是越来越难。

一般的网文中，"爽点"通常是主人公打赢了对手，或是赚到了大钱，但在网文里这么写会有一个问题，读者会去想：凭什么主角这种猪头三能赚大钱，我比他强一万倍，我却赚不到？他们会产生一种羡慕嫉妒恨的心理。而在《亏成首富从游戏开始》中，主角的腾达公司赚到了钱，也就意味着他自己绞尽脑汁反而赔钱，这样一来，小说中的爽点就变成了读者们看主角如何花式被"背刺"。

《西虹市首富》虽然也设置了几个由亏到赚的反转点，但是都非常简单、巧合，除了请拉菲特吃饭那段比较有趣之外，运冰山和陆地游泳机的反转都太简单，而《亏成首富从游戏开始》里面，最难得的便是，每一次"裴总想亏——合理说服员工——员工开工——机缘巧合赚钱"的几个环节，都写得非常细致、有逻辑。甚至站在不知情者的角度，都会觉得裴总真的是高瞻远瞩、算无遗策的商业奇才。而且《亏成首富从游戏开始》越往后面写，企业规模越大，越是各部门联动，越难写，作者真要绞尽脑汁才能满足"合理亏钱"在沙雕和搞笑之外这样的设定的需要，这本书其实蕴含着一个相当深刻的内核。

我们的生活中，从电子支付到快递、打车、租房、外卖，再到游戏娱乐，许多行业或者领域都充斥着形形色色的垄断资本。不可否认的是，这些互联网巨头诞生之初确实给人们的生活带来了很多便利，并且创造出了许多需求。但是资本都是逐利的，甚至都是急功近利的。当这些平台"一统天下"之后，一切就都变了。

一方面是无视国家法定劳动时间的"996（一种工作 6 天，每天早 9 点工作到晚 9 点）"工作模式大肆流行，高强度加班成为"打工人"的生活常态，以至大家纷纷调侃自己是"社畜"。另一方面是相关平台在用高抽成压榨快递等行业员工的同时，把矛盾转嫁给了消费者——毕竟给的钱少了，服务质量肯定要下降，消费者肯定要投诉，平台毫发无损，受损失的还是员工。

《亏成首富从游戏开始》一书的内核就是反资本。一般重生类的作品，主角都是找前世可以赚钱的风口行业，这部小说的主人公裴总却是一定要找前世赚不到钱的行业。但问题是，有很多现实中被堵死的路其实都是因为资本的急功近利导致的，如果能够像主角这样不怕亏钱（甚至故意亏钱），给足耐心，把品质做到最优，再做好配套服务，这些行业很有可能会赚到钱。比如说主角开一家特别美味的私厨,原料都买最贵最好的,厨师请薪水最高的,口味和服务一定要保证最高级的,然后开到最偏僻的别墅区,连名字都不取一个。这样看起来肯定亏吧?但是一旦这个私厨被人发现,神秘感+品质立刻会让它成为爆品,引来一大群钱多到没处花的富豪。

另一方面,腾达公司也实在是现代人梦寐以求的乌托邦。不但工资开得比同行高一大截,而且享受各式各样的福利待遇,上班可以随便摸鱼吃零食,甚至还有强制的健身课,下班以后绝对不加班不说,老板还想方设法让人多休息,充满了人情味儿。更重要的是让每个人都去做最适合自己的工作,即使亏损了也有老板兜底,所以每个人都能把自己最厉害的一面展现出来,每一个都是被埋没的天才。

看着自己参与创作出的游戏、影视乃至公寓、外卖、健身等行业一步步把整个世界变得越来越好,也一定充满了自豪感。哪怕只是这个世界里的普通人,吃着健康美味的摸鱼外卖,用着服务周到的逆风物流,玩着风格独特的腾达游戏,也会充满幸福感。

但是你可别忘了,裴总之所以能够把腾达公司搞成书中描绘的乌托邦,归根到底是被系统逼的。如果不是系统要求他必须多亏钱才能给自己赚钱,如果不是系统给他的花钱计划兜底,裴总可能也只是一个平庸的资本家而已。甚至我们还可以反过来从腾达员工的角度去看裴总:如果他们知道自己心目中英明神武的老板实际上是最大的"卧底",他们辛辛苦苦帮公司赚到了钱,还要被老板在心里暗地诅咒,他们又会怎么想呢？是伤心还是失望？

也就是说，小说里的裴总只是一个贯彻作者意图的工具人，甚至是书中最大的"反派"。但是这个角色写得并不让人讨厌，因为他有底线。比如说小说中有个情节：裴总发现自己的租房公司有个竞争对手，在装修时使用容易致癌的材料，并且装完就租给住户，甲醛超标害人。他宁可自己的公寓赚大钱，也要曝光对方，守住了最后的良知——这话听着怎么这么别扭呢？

尽管作者最后的几段大道理讲得有点儿尬，但整体来看，这本书仍可以看成是一副现代都市人疗伤用的圣药：上班累成狗的时候，心情 down 到谷底的时候，叫外卖发生纠纷焦头烂额的时候，摸鱼看上几章小说，在虚幻的童话世界里，得到一点安慰。所谓"各尽所能，按需分配"，在现实中很难实现，就让我们在幻想的小说世界里过一把瘾吧！

余罪

《余罪》：
小警察的个人奋斗史

　　"刑侦"题材小说一直是网文中的香饽饽，因为它既是现实题材，又足够"刺激"，且包容性强。当然，慢慢地也有不少读者觉得其中的许多作品幻想性和浪漫色彩实在过强，转而追求更重的真实感，甚至现在也有不少警察亲自"下海"，以自身经历和阅历写这类题材的故事。总之，刑侦题材走到今日，当然也出过不少好作品，但对我来说，其中最优秀的那一批里，绝对有《余罪》的一席之地。

　　第一次读《余罪》的时候，我简直入了迷，几乎是不眠不休连看了三天，吃饭的时候都在一只手拿馒头，一只手拿手机看。那时候还没有大批警察"下海"，《余罪》不同于许多一眼就看出是行外人想象出来的故事那类作品，作者常书欣有一种很"硬"的天赋：他笔下的人物太真实、太动人，而故事也太勾人了，不读到结尾都觉得不踏实。后来很多网友都知道，本书改编成了电视剧，也算是小红过一阵子。电视剧的主角余罪是张一山主演的，我猜想正是因为看中了他的"痞"。但是，张一山的人物形象是靠谱的，故事却因为不敢直面很多小说中赤裸裸摊开剖析的现实问题，左支右绌处处粉饰太平，显得比原著单薄许多，简直连十分之一的神髓都没拍出来。

真实，是这个故事最深的底色。本书以主人公余罪的姓名为名，讲的也正是他一生的故事。余罪出身社会底层，父亲是一个卖水果的小贩，靠少得可怜的一毛、八分的零钱把他拉扯成人。这种出身在小说中并不罕见，但或许许多小说都会将他的父亲描绘成一个正直的人——但《余罪》并不！他的父亲在流露出对儿子深厚爱意的同时，一直是个市侩精明的生意人，甚至有时简直就是个"奸商"；而余罪本人，也并不像那些活在官方表彰大会报告中的警察那样大公无私、大义凛然，实际上他最初选择上警校，就是为了能当上吃"国家饭"的警察，帮扶家里、混口饭吃罢了。什么正义使者、为人民服务，那可是少年余罪最嗤之以鼻的口号！

不仅如此，余罪调皮捣蛋、桀骜不驯，甚至贪财好色，上警校的时候抽烟、喝酒、赌博、打架样样俱全，只差去烫头，俨然班级一霸。而且他不光自己混，还带着一群好兄弟一起混，在学校时就整天给那些循规蹈矩的好学生弄难堪，当了警察又经常驳领导的面子，自由散漫，怎么看都跟自己穿的这身警服不搭调。

很难堪，很让读者为警校学生的素质担忧，但又不得不认同，或许这正是某种真实面貌。余罪出身市井，虽有聪明才智却深知阶级壁垒的难以突破。某种程度上讲，他是"认了命"，但同时又尽力想为自己和身边亲朋好友斡旋出舒服一些的生活。在作者以余罪的目光展开故事情节的时候，风尘气和烟火气扑面而来，读者不再是在国际大都市光鲜亮丽的 CBD 漫步，而是来到了小县城、小城镇，看着一群少年混混儿在街头打打闹闹混日子，看到他们平凡热闹乃至"土气"的生活。在不知所措的同时，却的确隐约感受到，或许这才是更真实、更普遍的生活和想法。

但是，正是这样胸无大志又"人间清醒"、只想靠着一身公安制服混过一生，怎么看都不符合"人民警察"正面形象的余罪，却成了省公安厅刑侦处处长许平秋一眼相中的好苗子。

许平秋突然到了省警校，号称要选出"警界精英"重点培养。但是聪明又世故的余罪一眼就看破所谓"选拔"只是虚应故事，自己和那些平民出身的小伙伴都只是炮灰，最后还是要给那些"富二代"们做嫁衣——原因很简单，直接到省厅工作的机会何其难得，怎么会从天上掉到自己这群没有"背景"的人身上？所以骨子里桀骜不驯的余罪不仅撺掇别人不要报名，自己更是使尽了浑身解数，要给许处长使绊子。

然而万万没想到，所谓"警界精英选拔"只是虚晃一枪，久经沙场的许处长想要的不是品学兼优的"乖乖仔"，而是头脑灵活、意志坚定而又胆大心细的"坏孩子"。用他的话说："他们将来面对的可都是恶人，太善良了要吃亏的。"要知道，凶残狡诈的毒贩、黑帮、杀人犯可不会跟警察讲规矩，要想战胜他们，或多或少自己也要沾点儿坏水。

余罪万万没想到，自己只想给高高在上的领导添乱的一番操作，反而让他自己和小团伙暴露在了许处长的眼皮子底下。从此他被丢进了层层的历练之中,也进入了最黑最深的世界里。为了测试这棵苗子有没有长成参天大树的潜质,许平秋亲自动手安排,让余罪不得不展露出自己过人的聪明和机智。他总能以常人匪夷所思的方式查出真相,在经历数个大案、十几场战役的打磨后,回首往事恍如昨日,但他已不再是那个在小城镇里和狐朋狗友一起游手好闲悠哉度日的小青年,而是警队的一代栋梁神探。

作者常书欣的文风并不文雅,甚至可以说总是透着一股"土气",仿佛真能闻到那些烟味儿和汗味儿,活生生一幅市井人物生活图景,但其中的种种细微情感,又显得细腻而从容,从每一个细节中都能透出浓郁的烟火气。据说很多警察读者读了他的书都会误认为他是自己的同行或者至少干过警察,然而说出真相来让人大吃一惊:常书欣不但没当过一天警察,甚至还曾在年轻时糊里糊涂因为犯罪蹲过监狱——不过话说回来,这种经历也十分难得,他能够写出鲜活生动的看守所生活,恐怕也跟自己早年的这段经历脱不开联系。

本书主角余罪的警察生涯也恰恰是从看守所开始的,不过并非看管犯人的狱警,而是被人看管的嫌疑犯——许平秋要余罪去接近一名涉嫌贩毒的黑道大哥,骗取对方信任之后便作为卧底潜伏下来。这是余罪人生中的第一次重大考验,也是他化蛹成蝶的开端。有意思的是,他当黑帮小弟比当警察可像多了,那满身的猥琐气质和这一身份简直相得益彰。实际上,我读这本书的时候一直在想,说不定另一个平行世界的余罪真成了黑帮大哥的马仔,靠着自己的八面玲珑在地下世界里混得风生水起,最后当然也难逃正义的惩罚。

可是,那个小混混儿余罪为什么没有真投身于犯罪,反倒一直与罪恶殊死搏斗?

《余罪》一书,可以看成是警察这个行业的万花筒。没有光鲜亮丽的布景和刺激的特效,余罪和他的损友"鼠标""豆包"等人,永远奔走在普普通通的街头。干过卧底,当过片警,抓扒手抓到跟贼王过招;待过乡派出所,捉过毛贼,从偷牛的小案子顺藤摸瓜摸出惊天大案。直到后来,余罪一手打造特别行动队,让全省罪犯胆寒,甚至还客串过"黑警",协助纪检部门抓出系统内的一窝蛀虫。

回看余罪刚出场时的样子,相信不光是余罪本人唏嘘感慨,连读者可能都百思不得其解:那样一个怠懒的刺儿头、整天偷鸡摸狗的小混混儿,是怎么做到这一步的?然而看着余罪从被逼无奈到主动出击,这一步一步走来,又好像并非那么难以理解,反倒是理所当然的事情。

不是没有过困惑,不是没有过迷茫,余罪也冲动过、挣扎过。毕竟就连老练的许平秋都说:"大部分警察都是为了一份工资和一个职位活着,现在是一个忠诚和荣誉都已经贬值的年代,它的价值远没有利益和欲望带给人的刺激更大。"哪怕是在我们这些读者的心目中,也会觉得余罪成了"黑警"毫不意外,一直保持初心反倒不大现实。何况,余罪的"初心"又哪里是"为民除害"?

但是细细想来,余罪没有走歪,固然是因为遇到了"伯乐"许平秋,却也是因为余罪本身性子就不坏。在警校时,他看到家境更贫寒的女同学吃不起饭，便愿意掏空自己的腰包帮助她;而在后来,当他面对系统"塌方式腐败",仍然能够保住一名公安干警的底线。在那副痞子流氓无赖的脸皮下,余罪损事确实干了不少,却仍有一股子真诚的善良,正是这份真诚和善良,让余罪始终守住了自己的底线:即便再难再苦,有些事情,也是绝对不能做的。

不得不说,光辉正义、出身优越的主人公易得,像余罪这样看着总是偷奸耍滑"坏事做尽"的主人公却很少。《余罪》一书正是塑造了这样一个不落窠臼的警察主角:他没有新闻里那些英雄模范人物的光环,骨子里仿佛仍只是一个俗气的小市民,但他又确实是结结实实的硬汉,办过无数大案要案,闯过不知多少龙潭虎穴,甚至称得上"警中之王"。

除了余罪之外,作者还刻画了一大群生动的人物:是余罪那一群"贱"得离奇却也意外靠谱的老友,慧眼识珠又严厉无情的许平秋,狠辣狡诈却也流露真情的大毒枭老傅……在这看似平凡朴实、市井气十足的行文之中,一个个人物从铅字中间缓缓走出,或笑或闹,或奔或走,或站或坐,共同造就了这一面阴影中的世界。是什么让这个故事如此富有生气、人物塑造如此灵活?是作者的眼光和阅历,是缜密的谋篇布局,当然也是那一腔对自己所写文字、对自己笔下世界的真诚。

后记

　　我出生在一个农村家庭，父亲是初中老师，母亲是普通农民。三十年前的北方农村是贫穷而凋敝的，读书这种爱好是非常奢侈的。从我小学到整个初中时代，找到"闲书"来读都非常难，周边不但没有图书馆，连逛书店都要费好大力气去县城，所以我对任何能读到的文字都是非常珍惜的，到了每个亲戚家里，都会躲到里屋把能看的书看一遍。大概就是从那时候开始，我就养成了读书"不挑食"的习惯，长大以后我读书也是这种路子，没有任何一种书是我在读之前就说我绝对不会看的。特别是小说，无论古典名著还是现代作家的作品，无论是科幻、推理小说还是玄幻、仙侠小说，我都可以读出乐趣。

　　直到 2002 年上大学以后，我才从学校图书馆里发现了一个宏大壮丽的新世界，一头扎进了书的海洋。当时正是网络文学发展壮大的关键时期，我作为第一代网文读者群体的一员，有幸接触到了它最初绽放时的样子。《新宋》《无限恐怖》《佛本是道》等后来开宗立派的小说，都是读的连载。当然，让人不无遗憾的是，我自己缺少创作小说的天赋，所以没能跻身第一代网络小说作者行列，错过了扬名立万的大好良机(笑)。

大学毕业以后，我经常会上夜班，倒也不需要紧盯监控，但必须保持清醒。那时候还没有智能手机，为了熬过漫长的时间，我从租书店租了好多本又厚又大，字却奇小无比的盗版网络小说(读盗版不对，但那时候还不懂)。本书中提到的很多经典网文都是那时候看的，那时读得可谓如痴如醉，有时候一晚上能干完一两百万字的一大本。现在回想起来，我的网络阅读量积累，就是那时候存下来的，就跟连吃七八个大肉包子似的，属于典型的暴饮暴食，仗着年轻能扛住。现在就不行了，除了那种特别吸引人的小说以外，别说一两百万字，一天读十万字都难。

跟很多朋友相比，我的阅读量其实并不大，能够认真读完并写出感想的，一个月平均也就4—5本，一年下来40本就顶天了。另一方面，我在阅读中的兴趣过于分散，很少有一个比较明确的阅读范围，也很少有门户之见，看到有人推荐某本书，我又挺感兴趣，就去看了。也可以说，我这种人属于"信息输入焦虑症"患者,无时无刻离不开往脑子里输入新信息,尤其离不开文字。所以只能采用随缘读书法,就是拿起来一本书随便翻着看几眼,喜欢就一口气读完,不喜欢就放回去,所以我每年都会有好多书只看了开头就再没有深入读下去。

我一向觉得,能够从阅读中获得趣味才是真正的阅读。读书本身不是为了帮助你获得什么,而是作为一种羁绊,陪伴你度过漫长的人生。所以对我来说,读书的意义大概就跟别人吸烟喝酒差不多,有一定的成瘾性,小时候在街上看见一小张破报纸也要捡起来看,到亲戚家躲屋里看半天书,上个厕所没东西看就看洗发水说明书,一会儿不看到字就感觉不舒服。现在有了手机,每天都会不由自主地点开各种阅读软件去读其中的文字。

大概十年前,我突然发现,很多书明明读过了,但是一两年以后让我复述书中内容就完全说不上来。我开始习惯于读完一本书后立刻写书评或是读后感,因为这个时候还保留着读书时候"最远处"的感受,然后到年底再总结成文,就相当于把这本书归入自己的档案中了。如果当时不写,过了一段再想起的时候,当时的感觉就都忘掉了。

我从 2002 年开始阅读网文,并从 2009 年开始尝试写作书评,本书收录的评论都是我在某一段阅读过程中印象比较深刻,有所感、有所得才写出来的。感谢百花文艺出版社的"寸君"老师,在看到我发的书评之后,邀请我整理出版。我内心颇为矛盾,一方面自感才疏学浅,另一方面又希望自己的心血能够付梓,为更多人所知,所以强忍着读自己书评时的尴尬,将其中 35 篇整理了出来。

必须说明的是,书中提到的小说,质量未必比我没提到的作品更高,也并不意味着它们有多高的历史地位——千万不要问我,为什么选了这本,为什么没有选另外一本,其实我也不知道为什么。我的评论也充满了个人的主观感受,既不严肃又无远见,非常随意。因为有些书读的年头太长,我记性也不好,所以文中很可能有疏漏错讹之处,请诸位看官不吝批评指正。

附录：

菜籽的女频网文推荐

菜籽：本名蔡颖君，"九〇后"网络文学评论者，在中国作家网、光明网等媒体平台发表过大量网文评论。

都市妖奇谈

《都市妖奇谈》：
动人的世俗烟火气

      对于读网文比较早的"老白读者"，有几部"太监小说"堪称永远的遗憾。

      用"太监"这个词形容那些写了一半被放弃的文章，隐含着一种颇为含蓄的幽默感——太监者，下面没有了。《红楼梦》能有今天这样大的神秘魅力，乃至衍生出"红学"这种怪胎学问，跟它的不完整也是有很大关系的。人的心理就是这样，往往觉得得不到的东西一定最美丽。于是读者们挖空心思去猜测《红楼梦》后四十回多么多么神妙，到后来全成了借曹雪芹的酒浇自己心中块垒，即便后四十回现在真的出世了也没人认识了。

      太监小说的魅力即在于此，因其不完整而引人遐想，而幻想中的东西往往是超越现实的，所以往往那些太监小说更能被人牢牢记住。网络文学发展初期，大多数作者都是"为爱发电"，和读者、网站、出版商间均没有太紧密的合同关系，所以要是真不想写了，他们可不管所写文字是多少人魂牵梦萦的寄托,拍拍手就站起来溜之大吉,哪里还管读者在千里之外鬼哭狼嚎。早年间太监小说层出不穷,其中就包括一部《都市妖奇谈》。

本书作者可蕊人称"压路机女王",但她的读者如今恐怕只想化身压路机,逼迫她把这个奇幻瑰丽又如在身边的世界里剩下的那些故事吐出来。如今看来,这部当年风靡网络的小说里的设定或许已经并不稀奇:《山海经》中的妖怪精鬼们在繁华的大都市里与人类朝夕相对,在隐藏自己身份的同时,也在探求着人与妖怪相处之间的平衡。这是一个非常非常经久不衰的题材——"异类"与人类共同生活在世界上——在我们的经验里,在二十年前,它既可以发展成一部热血少年漫画,也可以成就一段可歌可泣的恋歌,或者变成隐藏在都市阴影中的传奇。

但《都市妖奇谈》完全不是这样的故事。它当然也有战斗,也有流血,也有爱情,但这个故事里更多的,始终是那一份世俗的烟火气。即便如今看来,《都市妖奇谈》的遣词造句已略显粗糙朴实,故事也并不怎么出人意料,但这个世界里那蓬勃的生命力、人鬼妖之间的温情与矛盾、仿佛就在我们身边的家长里短,以及那真真切切让人感同身受的真挚感情,再也没有一部同类型的小说可以与之媲美。这个故事甚至仿佛可以令人相信,如果世上真的有妖怪,那么他们就该是这样大笑、这样悲伤、这样愤怒,也就该是这样生活。

"随着人类文明的发展,一种叫'大都市'的东西开始出现在这个地球上。"以无机物组成的城市拔地而起,林地与平原渐渐退却，数不清的人类住进钢铁森林。但与此同时，有无数失去了原本家园的生物，也一同住进了这个遍布阴影的现代造物之中。繁华的立新市里，层出不穷的失踪开始蔓延，女大学生薛瞳因此登上了周影的出租车。然而身为影魅的周影根本不会吃人，但还是因为曾搭载过其中一名受害者而被警方列入了嫌疑人的行列。薛瞳因此和周影结伴寻找真凶，而在与真凶的战斗结束之后，周影赫然发现，身为"S大女大学生"的"薛瞳"，其真实身份竟然是一头名为刘地的雄性地狼！

当然，"这家伙莫非是个变态"的想法很快就离我们而去了，相反，一种非常亲切、非常熟悉的气息，却在渐渐展开的故事中向我们扑面而来。主角之一的周影本是最低级的影魅，在机缘巧合之下得以修炼，但他的日常工作却是"开出租车——买菜做饭——修炼——开出租车——买菜做饭——修炼"的平淡循环，作息规律得足以让所有熬夜党自惭形秽。然而他新认识的地狼刘地，其形象却是即便在人类里也可称标新立异的"非主流"青年：英俊外貌、金色长发、无数戒指和狼头项链。我们还没来得及对刘地变成女生"潜伏"在大学里的行为作出评价，不久前才刚大战一场的周影却已经站在菜市场里，为自己"学习人类"的目标发愁：在人类的新闻和口耳相传的消息中，越来越多的食物都出现了问题，那么他为了"向人类看齐"，以后该怎么选购食材？

这个疑问极大地娱乐了刘地，也极大地娱乐了读者。周影的笨拙迟钝和刘地的精明通透随着生活气息极其浓厚的故事闯入读者视线，让读者乐不可支的同时，不知不觉间就将他们看作仿佛刚刚擦肩而过的陌生人。他们的烦恼和想法与普通人大相径庭，但他们的烦恼和想法又证明了他们也是实实在在的血肉之躯，同样有着七情六欲，也同样有着憧憬和迷惘。

仅仅活了三百年的周影毫无欲望可言，也不知该为什么活下去，只是遵循着古老的说法想要"修成正果"。想要得道，就要先学会变成人类，于是周影带着"养子"火儿来到城市之中，但人类种种自相矛盾的做法却让他时常感到迷惑不解。作为立新市地头狼的刘地无论外表还是行为都标新立异，和庸庸碌碌的普通人完全不同，但他身上的"人味"却比周影重得多。刘地作息颠倒，自由自在地出入声色犬马的场所，放肆地表达自己的欲望，是完全的享乐主义者，坚持不懈地想要将周影"带上歧途"。两只妖完全是一条直线的两端，却在一次次的事件中成为莫逆。而在这条直线的中部，肆意妄为的幼年毕方火儿、真心想与人类喜结连理却受骗的山鬼瑰儿、在立新市医院中工作了无数年的旱魃南羽、视关爱自己的人类为母亲的九尾狐林睿、在郊外老老实实开着养猪场的鹿蜀，种种妖怪在这部单元剧故事中陆续登场——要知道，五百万人口的立新市里，可是生活着三千多只妖怪！

但立新市并未因此变得鬼影幢幢。妖怪们的生活在悄然间与人类合二为一，这群实际上实力超群、手段通天的妖怪，的确是在真心实意地享受着人类文明带来的一切，也真心实意地愿意维护这样的人类文明，并将自己视作"立新市"的一份子。他们披着人皮混迹在人群之中，或许的确会在阴影中磨牙吮血、搏命厮杀，然而只要尚有余力，他们仍然愿意与人类共享同一片阳光。如果说普通人遇到的问题是又遇上了难缠的甲方、某个项目的数据又出了问题，那么周影所遇到的则可能是刚才送去肯德基门口的黄鼠狼一家身上味道太重。抛开具体的想法，当他们一边交谈一边走在车水马龙的道路上，他们与我们，又有什么不同？

但是，如果《都市妖奇谈》只是一部充满家常气息和烟火气的"妖怪都市生活实录"，是一部毫无主线的单元剧，那么估计也不会有那么多读者哭着喊着为之意难平十几年。它让无数读者心甘情愿掉坑的，当然是让人会心一笑的日常故事，即便以我们现在的眼光来看，《都市妖奇谈》的语言实在太过平实。但随着这些故事的累积，就在这样平实无奇的文字里，周影、刘地、火儿等诸多角色逐渐丰满，逐渐让读者想探寻他们的曾经和未来。但让我们念念不忘直至如今的，还是那些我们曾惊鸿一瞥，却再也不知具体如何的浮光掠影。

周影作为最低级的妖怪影魅，靠着一颗不知为何流落到人间的毕方卵和六十年一遇的帝流浆才离开了朝生暮死的命运。他无父无母，"族人"是连神智都不会生出、朝生而暮死的影魅，只能懵懵懂懂地依靠本能生存，笨拙地学习自己看到和感受到的一切。人类周筥的出现让他有了老师，懂得了喜怒哀乐的存在，懂得了思考对死的恐惧与对生的向往，懂得了生命无贵贱之分，也懂得了要去追寻一个生的目标——周影仅仅在山林中活了三百年，来到立新市才是他生命的一大发展，那么，其他妖呢？

吸引读者的，正是书中妖的命运。随着他们的故事丰满翔实，他们不再是一个个的"点"，而是让读者清晰地意识到，让他们成为今日的他们的，正是延续至今的他们的"曾经"。于是我们发现，在到嬉笑怒骂、打打闹闹的立新市生活之前，作者可蕊竟然为读者准备了一把又一把的雪亮长刀。刘地扮成女生潜入大学，当然不是因为他是变态，而是因为张倩的请求——然而此时的张倩早已忘记了刘地。刘地和张倩到底有着怎样的过去，他为何如此在意张倩，随着《都市妖奇谈》的坑掉而再也不能为人所知。承载着他的过去的叶灵和木听涛，也只能在他的回忆里得见一丝鸿影，却不知他们将要去往何处。

不仅是刘地有着惨痛的过去，立新市最强大的妖怪南羽，她的灵智诞生于死去的尸体之上，披着原主的外表，却已是一头食人血肉的妖怪。她过去所经历过、看见过的一切，同样让读者禁不住嗷嗷大哭。而可蕊在这本万年巨坑中留下的最后一个故事，更是让读者不由自主地开始担忧立新市里众妖的平静生活是否会被打破。但随着作者的鸿飞冥冥，这份担忧也不知是否会有实现的一日了。

不过，当然，我们也可以当做从未落地的靴子，想象立新市今日也像往时一样：桃源小区的家具仍然在灭门惨案的阴影下瑟瑟发抖，车牌号是"××00544"的出租车在车水马龙的大街上行驶，打扮时髦又抢眼的青年依旧在和姑娘搭讪，医院里妙手回春的南医生今日值班，槐荫广场旁的小花店打开了铺门，郊外的养猪场里仍然时不时就迎来白吃白喝的两只小恶霸……日子还是如以前一样过，不也很美好吗？

制霸好莱坞

《制霸好莱坞》：
真正的大女主"事业文"

2014年，有网友在"龙的空间"论坛推荐一部女频小说——这是很少见的，一般来说，"龙空"上聚集的都是男频读者，很少会去看女频，更少会有人推荐。

这部小说就是御井烹香的《制霸好莱坞》。

这个故事有着非常普通、非常一般的开头：作为曾经的豪门儿媳，年仅三十岁的陈贞在离婚后得到了豪宅、千万分手费以及孩子的抚养权。不仅如此，就连丈夫的父母，都对她称赞有加，而一个劲儿地埋怨儿子不识好歹。三十岁，应有尽有，陈贞的幸福生活理应就此开始。然而突如其来的穿越让她变成了2000年一个一穷二白的年轻美国白人女孩儿珍妮，突如其来的"系统"要求她只有在达成了"制霸好莱坞"的目标之后才能回去。

我们曾经讨论过："系统"的存在，就像是一个强制性的目标，不用问前因后果，就能立刻促进剧情的发展，在很多情况下可谓一种"偷懒"的做法。制霸的系统和目标同样来得生硬，主角的设定也不算"讨喜",甚至系统带给陈贞——珍妮的金手指(一个可以让她立刻沉浸于角色,并让她能以极慢的时间流速进行练习的空间)看起来也颇为乏味。那么,是什么让这个故事如此大红大火,甚至令人折服?

因为这是一本无与伦比的"事业"文。

穿越成毫无所有的珍妮,拥有儿子和千万家财的陈贞当然想回去,然而要回去她便必须想尽办法进入好莱坞,在好莱坞中打拼。她主动创造机会,并认识了金牌经纪人切萨雷,运用自己前世的记忆去挑选那一个个日后大爆的剧本。在这个过程中,珍妮与切萨雷身为本该同心协力的演员和经纪人,却一直在相互博弈——切萨雷不允许自己手里的演员有"越线"的愚蠢行为,但珍妮却要博得挑选权和话语权。不光是他们二人,随着出场的角色越来越多,公关、助理、专属经纪人,以及那些光彩照人的明星与导演,珍妮仿佛一下子踩进了幻梦之中,但这为她带来的却不是美妙,而是不停地钩心斗角和被掀开的隐私与内幕。

要论文娱类网文,《制霸好莱坞》绝对是绕不过的一座大山。这部小说为读者呈现出一个工业时代的好莱坞,一个依靠无数齿轮运转的庞大团体。在作者御井烹香笔下,这个专职造梦的巨大工厂开始解构,每一个齿轮都暴露在日光下——它的构成,它的运转方式,并且那些隐私的,龌龊的,隐匿其中的,心照不宣的,不可与人言的——都被作者一一道来。《制霸好莱坞》的成功,无疑有很大一部分在于这种前所未有的,对这个梦工厂阴暗面的分析,那种一针见血的犀利挑破。那个大洋彼岸的梦工厂从未如此接近我们的视野,并非以往的意淫,而是那样真实地存在于我们可以触碰到的文字当中。

在这个故事中,作者从来不愿在种种阴暗面处吝啬笔墨,甚至将这阴暗面也加了主人公身上。作者没有详细描写珍妮是如何在电影中大放异彩的,而是将之作为结果,详细描写她是如何得到一个个角色,如何演绎,如何运用金手指,如何应对人际关系与抓住一个个机会,以及如何与其他明星争风,等等等等。珍妮编造假名,用假恋爱炒作电影,与媒体进行交易,操控着网上的舆论和粉丝的心理,连让无数粉丝疯狂尖叫"相信爱情"的求婚和梦幻婚礼,本身都是早有预谋的作秀,甚至到了买凶杀人的地步……

然而与此同时,珍妮却又逐渐地沉迷于"演戏"——最开始她不过是在简单地运用金手指带来的便利,但之后她却明白了金手指的局限,开始挖掘在这之外的,属于角色、属于演员的那一丝悸动,并为此寝食难安,直至"疯魔"的状态。她在日复一日中恍然领悟:原来自己,的确是热爱电影的;原来自己,真的愿意将电影当做毕生的追求,当做永远的道路。

黑与白相互纠缠,造就了这个用金碧辉煌堆砌、内里却触目惊心、充斥着尔虞我诈的好莱坞。然而在这之上,那一部部足以让无数观众产生心灵共鸣、进入艺术殿堂的电影,它们所带来的震撼,却又是真实的。什么是对,什么是错?在阅读的过程中,兴许连读者自己都要感觉到迷茫。或许,只有追求卓越,才是这个浮华世界中唯一确实的存在。

"追求卓越,永无止境"——这是《制霸好莱坞》中,主角珍妮和切萨雷发出的赫赫强音，而整本书也的确贯彻了这一中心。光是成为卓越的演员还不够，再优秀的演员也不过是资本手中的一枚棋子。随着故事的进展、步步的高升，珍妮的野心越发膨胀：她不愿仅仅是他人手中的筹码，她要成为那个坐在场上博弈的玩家——成为那些翻手为云覆手为雨的管理者中的一员。她要让自己的大梦公司成为以六大为目标的庞然大物，而并非一个只是为了减税的皮包公司。她的脚步，她的野心，从来就没有停下过。如果当初切萨雷对她说那句"追求卓越"时她不过是勉强应对，那么此时，这便是他们共同的追求。

　　如果仅仅是写珍妮如何步步高升，那么这个故事或许依旧是一本让人眼花缭乱又不禁屏住呼吸的爽文，但也就仅仅是爽文而已。在读者已经习惯于看到珍妮的成功之时，作者让珍妮回到了北京——不要忘了，直到此时，珍妮之所以想要完成"制霸好莱坞"的目标，依旧是为了回到自己曾经的人生中，回到自己曾经的儿子身边——于是就在这个时候，作者让她见到了自己前世的丈夫：年轻俊朗，庞大财团的继承人，但在前世近乎施舍爱情的他，此时此刻，只能近乎窒息般地仰望着自己。

　　当看到这里，没有读者能不啧啧感叹，没有读者能不百感交集。所有读者都明白了接下来所要发生的事情：在这个还在倒时差的夜晚，属于陈贞的一切似乎在飞速地褪去。昨日种种譬如昨日死，那个需要从别人身上索取的女孩儿已经永远留在了过去，现在站在这里的，是一个全球知名的奇迹女孩儿，是制霸好莱坞的顶尖红星。过去很好，但那都是由别人施舍的,怎么比得上现在赚得的一分一毫?怎么比得上自己花费无数心血打造的光辉红毯?

或许也正是在这里,读者再一次真切地感受到珍妮身上的"强势"。这份强势,开始自迫不得已,却在一次一次的挑战和成功中更添光彩,而在"制霸好莱坞"的目标从被动化为主动时,珍妮身上"百万公主"的强大气势这才最终成了,也成就了本文令人叹服的那份无可比拟的强大气势。然而,在这样的强势之下,这个故事却已经为结局埋下了伏笔:一次一次的主动出击、把握机会,无疑是珍妮成功的要素,但在这个过程中,妥协、谋划与"堕落",同样铺成了珍妮的制霸之路。这条路上的隐形炸弹从未被拆除,它一直潜伏在故事的暗线之中,等待着爆炸的时机。

我们都知道,在现实中,能获得社会意义上的成功的人,基本上都不可能白璧无瑕,特别是那些超脱凡俗的成功者,他们背后的手段绝对大大出乎我们意料。但到了"偶像"这一层面,这样的现实却好像被视而不见了,人们仿佛都会倾向于相信,自己的"偶像"是圣人,是智者,他们从来都没有用过手段,也没有做过一件偏离"正道"的事。

"珍妮弗·杰弗森",在她的粉丝眼里,正是这么一尊洁白无瑕的神像。她本人亲善温和,她和她的团队所使用过的种种手段都不曾被曝光,她的合作者和资本家们也乐于将"珍妮弗·杰弗森"打造成这么一个光辉夺目的圣人形象——毕竟,无数例子都告诉我们,这样的形象才最稳妥,也是最"吸粉"的。

但是，做过的事情永远存在痕迹，在最后的劫持事件中，珍妮本人与粉丝的两条线终于交织在一起，迎来了一个高潮的爆发——"珍妮弗"最忠实的粉丝忽然看见了属于"珍妮"的真相，并为此震惊不已，在绝望中喊出"我曾那么喜欢过你"。然而，即便看着如此的景象，珍妮仍不动摇。就如同洛克希在芝加哥中一样，这就是演艺圈，这就是一个交织着谎言、虚伪、瞒骗、腐坏，却在其上大肆铺设华美与感动的世界。但是她，珍妮，还是要留在这里，留在这里继续攀登，继续创造奇迹。这是她的舞台，她又怎么可能退出？

而之后珍妮昏迷中发生的一切，则如同一场盛大而荒谬的讽刺真人秀——当闪耀着光芒的外表有崩坏的危险，当珍妮即将从神位上掉落，即便她本人早已不在意，但其他人却联合起来开展了"拯救珍妮弗·杰弗森"的行动。这个名字不单单只属于珍妮，它更是一个由团体所打造的完美产品，甚至是好莱坞的精神象征——没有人会允许这个神像会有一丝一毫的裂缝！然而在这圣洁的神像之后，又有谁能看到那个名为"珍妮"的姑娘呢？

要给本文下一个定义的话，我只能叫它——事业文。它的亮点不在于主人公的大杀特杀，不在于主人公的顺风顺水，不在于主人公的权谋术算，甚至不在于主人公如何拼搏。真要说的话，这个故事完全是为了那一股尖刻、凌厉、毫不掩饰的"强势"而存在：一种为了自己选择的道路而勇往直前，即便再多艰难险阻、再多阴私苟且，也要踏着它们前进的"势"。无法否认，我们实在很难再看到这样一个野心熊熊燃烧，仿佛永远不会满足、永远在前进的女性主人公了。而这无可比拟的旺盛野心和坚韧斗志，也正是《制霸好莱坞》在其所有读者心里都留下深刻印象的原因。

枕边有你

《枕边有你》:
夫妻换位之后

　　夫妻间一次突如其来的交换身体，让家庭主妇余笑和职场精英褚年成了对方。为了扮演好丈夫，余笑十分努力，但就在换回来的前夕，她却得知丈夫早就已经出轨的消息！

　　一切归零。

　　从《枕边有你》的题材和表达上看，这绝对是一本无论男女都该看看的小说，特别是有婚育意向的群体。这个故事用极高的密度——但在现实中，这样的密度却也正是许多人习以为常的——描述了女性在婚姻、职场、生活、生育等诸多领域会面临的问题，再度掀起许多女性读者"恐婚恐育"的风潮。

　　当然，书中两位主人公余笑和褚年遇到的问题和事件可谓集朋友圈天涯八卦贴之大成，有读者就因此提出质疑，认为作者"耸人听闻"。但事实上，谁又能说自己真的不会遇到这些事情呢？甚至，当读者从不安和愤怒的状态中冷静下来，便会发现这些事情看上去是如此平常乃至"正常"，甚至就连我们身边也时常发生。从这个角度来看，《枕边有你》只是将这些真相、这些很有可能发生的事情,摊开讲述给读者,讲述给许多还未经历这些的年轻女孩听而已。

余笑与褚年从在校时便相识相知相爱,毕业后顺理成章、理所当然地结婚。随着时间的推移,余笑成了家庭主妇,打理家中的一切,而褚年则一路高歌猛进,年纪轻轻便事业有成,成了业界精英。两人似乎仍然相爱,直到突如其来的交换身体和一个莫名其妙的打分器出现在他们家中。打分器的说明上显示,只要打分器显示的数字——他们对彼此的爱——能达到一百,他们就能将身体换回来。

这是毫无道理的开场,强硬地逼迫着两人和读者接受这样的现实。然而这也正是因为,一个有理有据的开场对这个故事毫无必要,反而更增添累赘。作者想写的只是这样一对外人眼里的"金童玉女"、满足许多"少女心"的夫妻对突然交换身体、交换社会身份时所生出的差异与割裂的好奇心。

于是余笑发现了丈夫褚年的出轨,发现了他的朋友对自己的推委搪塞,发现了褚年在光鲜亮丽的外表之下,许许多多本不会让自己知道的东西。她一怒之下决意要以褚年的身份获得成功,让真正的褚年从此被困在这个他看不起的、甚至想要抛弃的女人的躯壳里。

两人的身份对调之后,紧接着的就是力量、权力的对调。无疑,变成了男人的余笑并不能算是个渣男,她也不会让自己变成"渣男"。但在事业获得一次又一次的成功、奖金和荷包日渐富足、同行的仰慕越来越多、身体也锻炼得越来越好的情况下,她再次看"余笑"、看自己的丈夫时,却感到了一种错位的新奇——眼前这个陌生又熟悉的女人，看上去是那样柔弱可欺。作为女人，余笑比褚年矮小，因早年流产而一直体弱，在家中又缺乏锻炼和处事能力，甚至就连父母都将资源给了褚年，以求让他照顾余笑——那"褚年"轻视"余笑"，岂不是理所当然的吗？

余笑在成为褚年后忽然觉得一切都是那么轻松，她只需要向上、努力向上，在她跟前的阻力是那样稀少，仿佛所有人都在送她上青云。可是成了余笑的褚年却忽然发现一切都像是要把他拉入深潭，所有人都在阻止他成为"自己"。婚姻再也不是他的登云梯，而是死死困住他、让他不能呼吸的绳子。即便他的内在仍然是那个年纪轻轻就凭借业务能力成为经理的职场精英，可即便他拼命想要展示自己的才华和能力，一切都只是白费力气。

就在此时，褚年发现自己——余笑的身体——怀孕了。失去了一切的褚年决意要生下这个孩子作为留住余笑、换回身体的希望，然而他不知道，这却也是噩梦的开端。生育的苦痛和艰难，是一直作为男性的他所没有想到的。

截止到这里，作者的用意已经昭然若揭，那就是警示女性读者：女性在婚育中可能会遭遇什么。与此同时，作者又没有让余笑真的以原本的女性身份去经历这一切，而是让身为男性的褚年去代她受苦，以达到不伤害女主角的"爽"。我相信很多女性读者在看到余笑于职场上高歌猛进，而褚年却陷入一阵又一阵的焦头烂额、甚至不得不与自己的亲生父母恶言相向的时候，都是内心暗爽的，当然，这也包括我在内。

这种暗爽甚至不仅仅只是传统的"装×打脸"的爽,而且是一种让仇寇承受自己的痛苦、自己却攫取仇寇的成功的爽。特别是,当你想到这就是"报应"、这才是你应得的,这份"爽"上更是多出了一分咬牙切齿、苦尽甘来的意味。至亲至疏夫妻,甜蜜时夫妻是相互携手、相互支撑的爱侣,但在彼此厌憎时,夫妻却也是相互握着把柄你死我活的仇人。

看吧,当那么多的"理所当然""我是为了你好""你怎么这么不懂事、不识大体"云云降临到自己头上的时候,谁还能保持云淡风轻?世界上从来没有真正的感同身受,一切的漫不经心只是因为痛的不是自己。窒息的时候你竭尽全力挣扎,却还要被指责你的姿态太不好看,那就让对方来感受这窒息的苦痛、感受这挣扎的无望好了!你要做那个在边上冷冷看着,离开前丢下一句"太过失礼"的人,这样才能解你心头之恨!

但说实话,这样的剧情,这样因男女性别对调而产生的"报应之爽",真的就没有让人感觉到过一丝异样吗?是,是让众多读者——特别是女性读者看得很爽、很解气,作者也说这就是一篇爽文——但与此同时,这个故事里却又一直有一种微妙的不爽和憋闷。看完之后我回过头来复盘,大概理清楚了,这正是因为《枕边有你》是一篇爽文,还是一篇扎根于现实的"爽文"。

爽文的要素是什么?自然是要"爽"。为了达到"爽"的目的,角色的跌宕起伏都是有目的的,每一次的跌倒都是为了之后的崛起、每一次的被欺负都是为了以后欺负回去。同时,对于爽文来说,人物矛盾最好要尽量黑白分明一些,恶人就是恶人，好人就是好人，条分缕析泾渭分明，这样才能毫无负担地"爽"。

但是《枕边有你》的题材，并不能让读者真的毫无负担地去享受"爽"。故事里的外部冲击来自社会、父母对女性、女儿的歧视和弱化，这是无论小说还是现实都确确实实存在的问题。原本享尽优待和性别红利的褚年变成余笑之后亲身体验到了那些歧视与弱化，体会到了不公，体会到了寸步难行，更体会到了被誉为"女性天职"的生育给自己带来的痛苦和折磨——是的，很解气，但问题正在于，这是褚年用余笑的身体所承受的：这种种不公与歧视、痛苦与折磨降临之时，承受它们的，始终是女性的躯体。

同一时间，余笑用褚年的身体想要努力做一番事业，真的好轻松。即便她已经很久没有踏上职场，所能运用的，仅仅是年轻时的知识和刚交换身体时的一番恶补，但似乎所有的一切都在托着她往上，让她势如破竹，让她总能得偿所愿，小小的阻碍都只不过是为了让她之后的成功更加辉煌。所有人都喜欢她，喜欢这个年轻俊朗、温柔体贴的"男人"，同事对她赞叹有加，小实习生对她更是有着属于少女的仰慕。但这都是余笑在褚年的壳子里所得到的，世界和他人所给予她的，实际上都是给予"他"、给予男人的。

故事的最后，余笑接受了自己——接受了一个原原本本、作为女性的自己，并决定即便不再爱褚年，也要换回身体，经营自己的人生。她已经足够自强，已经不再需要"男性"的身份和地位为自己镶上一圈儿金边。

但是，这本该让读者振作奋发的结尾，却引起了更大的声浪，支持者有之，反对者亦有之。事实上，我当然支持余笑获得真正属于自己的人生，但先前的种种却也肯定会让读者产生一个迷思：即便作为集团董事长的池谨文接纳了原本的"余笑"，但最后换回来了的余笑真的还能得到这些"厚遇"和"优待"吗？曾那样赞叹过她的人还会一如既往、曾对她表露善意的人还会一如往昔吗？

只要想到这一点，相信不会有读者不如鲠在喉。到了此时，脑海里能回忆起的每一处"爽点"、余笑获得的每一次赞誉、褚年经历的每一次痛苦，实际上都像是一种无言的嘲讽：看吧，芯子换了又如何，只是这一个男人体会到了这痛苦与无奈，只是这一个女人体会到了这便捷与快意，可这世界，依然是向着男性的。

这不是作者的问题，也不是这个故事的问题，就只是，当一个故事是扎根于现实的时候，或许它就已经与"爽"无缘了。

装腔启示录

这本《装腔启示录》在刚刚登场的时候，无疑非常让人眼前一亮，乃至刺痛人的眼睛——并非因为其中观点多么犀利，而是因为这个故事的开头，实在是太装了。综观我看过的所有网络小说，虽然其中有一部分都会将"装腔"作为主旨，至少也是点缀，但《装腔启示录》却直接明明白白地告诉你，这，就是一本"都市丽人装腔宝典"！

故事开头，飞机上，都市丽人唐影精心为自己布置好了位于经济舱的一方小天地：葡萄柚味香氛、一本名为《Intelligent Life》的纯英文杂志、朋友圈里"身为律师，难得放松时间就是在飞机上：没有电话网络、没有邮件必回、可以偶尔专注生活，做一回自己，把这里当成我的空中移动图书馆"的文字和加了低饱和滤镜的照片。此等装腔作势的行为用上帝视角一写，简直让人虎躯一震，一边在心里尖叫"太厉害了"，一边不忍直视，脚趾可以瞬间抠出三室一厅。而邻座陌生人和唐影的装腔交锋，也真的让人直呼受不了：世上竟有此等无时无刻不装腔之人！你们真的不累吗！

但是，虽然作者不遗余力地细细描述了这等装腔景象，但其中的调侃和喜剧气氛也的确让人看得一边尴尬一边快乐起来。无论如何，看都看了，就继续看下去吧。于是唐影的室友，大美女林心姿登场。和需要精心打扮自己的唐影不同，林心姿天生丽质，于是她的装便又是另一种风格——衣着打扮是"好嫁风"、时常作出天真烂漫的小女儿情态、严格挑选适合结婚的追求者、要求男友包容自己的每一次"作"……

不得不承认，虽然单单将林心姿的行为挑出来说，的确看上去有那么几分讨厌，但看作者在文中细细说来，又觉得并非不可理喻，反倒显出些可爱——因为林心姿确实漂亮！况且，她的所作所为的确让人眼熟——这不就是前几年某些大 V 的所谓"恋爱宝典"？甚至，即便有许多读者表面上对林心姿这样"作"的女孩儿嗤之以鼻，但她又是否是许多女孩儿暗地里羡慕、许多男孩儿暗地里憧憬的对象？然而，林心姿的"作"终究让男朋友选择了另一个女生的温柔体贴。在痛骂渣男后，唐影和林心姿一起出门逛街，决定物色新的人选。

于是，在酒吧偶遇的金融男徐家柏、唐影上司——"婊姐"刘美玲，当然还有在飞机上偶遇又在现实中再次偶遇的帅哥许子诠……各色人等陆续登场，唯一不变的，是他们各有各的装。单看前半部分，简直可以让人感慨：这书的名字完全可以改名为"决战装腔之巅"；书中角色的种种交锋，简直是在不动声色、虚与委蛇中展开的一场又一场"腔王争霸赛"。其中各色装×行为，真的看得读者哭笑不得、时常无语，又在奇妙的地方感同身受。在作者写来,这种种装腔技法似乎都透着一股子的讽刺和搞笑,但仔细回忆一下, 简直既视感强烈到要爆炸——"这个句子我曾听过的!"

于是看着看着,亲切感便越来越重,熟悉感也越来越浓。初时看搞笑又无谓,但实际上,这又何尝不是许多人都过着的生活、许多人都有着的心态?试问从小到大,即便许多人看似都对此不以为然,但当真有人从未尝试过"装腔作势"吗?几乎不可能。从学校到职场,从家庭到社会,从贴吧到微博,从豆瓣到知乎,从现实生活到虚拟世界,永远有人教你如何装腔作势,也永远有人试图装腔作势。"格调"二字是如此的毫无意义又意义非凡:它让在同一地点工作或学习的人变得不同。在无时无刻地暗中比较里,"格调高"的似乎天然有鄙视"格调低"的权力, 哪怕这非凡的见识实际上充满了一股子的贴吧味和知乎味,哪怕这仅仅只是"没有说到我熟悉的部分",但只要拥有了"格调",又苍白又无力、又沮丧又贫乏的生活就能变得如此多姿多彩。

不得不说这真的是一部非常适合拍电视剧的小说,每个角色都特点鲜明又实实在在,让人简直恍惚地认为"我是不是在哪里见到过这个人""我是不是也曾这么做过"。相信这个故事如果能搬到荧屏上, 肯定会让更多的人在抚掌大笑后又心有戚戚焉,因为扪心自问,谁又能逃得过"装腔"的诱惑? 其实你说这"格调"到底有什么好?它几乎无法变现,还会让具有高度表现欲的人容易因它变得讨厌。可是话又说回来,"装腔"又何尝不是许多人生活中的一大亮色, 只要想到自己能在那条虚妄的鄙视链里力争上游,就能让人充满动力。

只是,当然,这也在我预料之中——《装腔启示录》的主题在故事的推进中逐渐浮现:装腔作势久了,会不会就忘记了原本的自己是个什么模样?在职场中虚与委蛇久了,是否也会忘记,自己所咬牙切齿地为之奋斗的,其实并不是自己的梦想?

在装腔的表皮之下,《装腔启示录》其实是一部关于社畜的故事:在繁忙而五光十色的北京,在高档的 CBD 写字楼里,衣着精致、发型端庄的白领丽人仿佛走路带风,但其中的大部分下了班后其实还要挤一小时的公共交通,拖着疲惫的身体回到月租三千的小单间或合租的两居室。背地里对龟毛、变态、事多的上级客户嗤之以鼻,并暗自送上"婊姐"的名号,但当对方在微信上弹出新消息,又会立刻滑跪:"在的呢,什么事呢亲?"日复一日地在价值数千亿的地皮上为三餐奔忙,于是装腔逐渐从调剂变成了生活的主动力,仿佛一次小小的胜利,便代表自己又成功了一点儿,代表自己又向自己所梦想的、那个高端霸气上档次的自己,迈进了一点儿。

唐影曾经也仅仅只是一个充满"土气"的学生,是年少时憧憬的家教开启了她"装腔"的大门。即便时过境迁,她已经学会反过来鄙视对方的品位,但也已经牢牢裹紧了这层外衣,再也无法脱下。人为什么需要装腔、需要作势?是否是因为心中其实没有太大底气,是否是因为其实想要得到他人承认,只是让自己低头、让自己表现柔软实在太过困难,于是只能端起架子、戴上面具,做一个"合格的社会人",在这广阔的舞台上默契地进行你来我往的表演。

只不过，这不仅仅是一个故事，更是一个写给社畜的童话。如果说故事的前半部分用诙谐又调侃的笔触写出了每个"都市丽人"在装腔下充满了鸡毛蒜皮的真实社畜生活，简直闻者伤心见者落泪，那么它的后半部分，就是对书中人一视同仁、童话式的嘉奖和鼓励。这是几乎所有故事都殊途同归的，因为读者并非真的想要呕心沥血、对自己进行一场精准的外科手术，而只是想寻找到一丝聊以慰藉的安慰。只不过在这个故事之中，这份嘉奖，几乎全都是爱情。

很难说我看到后面的感受：有些失望，有些释然，当然也的确有些被取悦了的高兴——作者的确是一个十分纯熟的写手，她懂得如何描写职场和生活中的鸡毛蒜皮、酸甜苦辣、刀光剑影，懂得如何介于夸张和现实之间游刃有余，也懂得如何勾住读者、取悦读者。只是在这份高兴背后，我依然难以避免地因为落差而产生了些许失望——社畜的苦闷与焦虑，始终还是要靠爱情来滋养；人生的纠结与不平，也要靠爱情来获得平静和安乐。

于是看到后面的种种爱情故事，我反倒想起了前半部分的大王：那样一个皮肉臃肿、偷奸耍滑，一点儿也不精致、装得能跌破所有人眼镜的角色，却能平静地为自己选择一个在资深社畜眼里荒诞可笑，却的确隐隐充满希望的"追梦"目标。有哪个社畜在看到她的选择时不会同时生出忧虑，但又有哪个社畜，不会同时感到一丝羡慕呢？

当然，这仍然是一本属于社畜、属于"白领丽人"们的故事，在令人捧腹的"装腔"之下，其实也正是都市人的空虚和焦虑、迷茫和不安。虽说在我看来，故事最后仅仅用"爱情"作为社畜们美满人生的注脚，实在是有些过于潦草，也过于偷懒，但或许这样的设定也正是因为，只有对于"爱情"的追求，才能令大部分社畜心安吧。

都市里的现实版武侠

《无污染，无公害》
都市里的现实版武侠：

世纪之交，武侠小说风靡一时，犹如一个寄托于古时的乌托邦，"武侠"再也不是"侠以武犯禁"，而是能凭手中三尺剑斩世间不平事的君子侠客。金古黄梁温，"飞雪连天射白鹿，笑书神侠倚碧鸳"，无一不传奇，无一不令人神往。然而时至今日，又有多少人听说过它，又有多少人对武侠抱有热忱？武侠式微，已然成了共识。

为何武侠式微？众说纷纭，观点之一是，因为现在的人再也不认可武侠的"乌托邦"模式，更难认可以一人之武功翻云覆雨、扭转乾坤。传统武侠小说里的大侠，个个衣袂飘飘，仗剑天涯，十坛好酒、五斤牛肉，"海内存知己，天涯若比邻"，好不快意恩仇。即便剑折人亡，那也该是轰轰烈烈或被扼腕痛惜，哪里能连个眼神儿都落不上？然而在《无污染，无公害》中，时过境迁，如今的武林已经被新世代冲刷得七零八落，中华人民共和国成立初期的五绝已经成了暮阳残照，无人再知世上有武功，无人再知武功有何用。二十一世纪有汽车、有手机、有电梯、有外卖、有警察,你一过路人身上功夫再了得,又能如何惩奸除恶、伸张正义?

喻兰川便一直是如此想的。他的大爷爷正是上一代的武林盟主"寒江雪"喻怀德,论武功、论人品、论威望,皆是一流。老人过世前在四川高高兴兴玩儿了半年,然后留下一封书信,坐于溪边与世长辞,用这般传奇的死为自己传奇的一生画上一个圆满的句号,并顺手把自己武林盟主的头衔传给了孙子。

但一个能世袭的"武林盟主",还有含金量吗?

连同那本在最后写着"这玩意儿不科学有病去医院"的寒江诀《掌门衣钵》,就像是作为遗产的老房子的一个添头而已。至少,喻兰川是不以为然的。

《无污染,无公害》这书名起得非常小清新,翻开来看,却是一本总是不咸不淡地朝人心窝子来一发"丧感光波"的"小丧柑"。战争年代,国家存亡之际,武林中人放下成见联手卫国,各自施展神通,这才有了后来的"五绝"。那是江湖最后的荣光,即便已经时过境迁,后人总还能从长辈口中得知那么一星半点儿的昔日光彩。

但那些光彩加身的人呢?

曾经的侠客沦为了碰瓷老太太,曾经的英雄后代连与人交流都困难,曾经以为自己年轻的传人深陷中年危机,曾经顶天立地的帮主终于"老了"。原本理所应当的经历,理所应当到当事人都已经接受了现实,忽地和当年打个照面,依然能刺痛人心。碰瓷团伙、家暴疑案、传销组织、贩卖焦虑,这些仿佛就在身边的案件、现象,实际上传达到读者心里的,是个中人的无奈。

主角甘卿和喻兰川正是在这样的环境下登场的。他们都曾是为武功而热血沸腾的少年人，但时过境迁，在年少轻狂过后，一人收起了一身的反骨，一人则对江湖嗤之以鼻，都成了为一日三餐发愁的成年人。与他们相仿，现今"五绝"的同辈人里，也曾是翩翩少年的"浮梁月"成了个唯唯诺诺的三高科员，抗日英雄的后代"堂前燕"成了个社恐死宅。

他们幼时师承尚且未从江湖中走出来的老人，长大后却发现功夫已经无用，于是不再把它传授给下一代。作者的另一本小说《有匪》中的角色皆轰轰烈烈，死得其所，但到了《无污染，无公害》中，却是"那时他刚刚长大成人，又贪婪自大，他觉得自己力大无穷，背上可以背一百个人，迫不及待地想飞、想狂奔，想要把自己的新家扛在肩头，一路绝尘而去。

"可是燕宁的一年有四季轮回，万物生发的春天过后，还有严酷闷热的盛夏。

"他自嘲地想：'可能是我过了保质期吧。'"

然而时无英雄，竖子依旧成名，文案中写"大环境江河日下，只有魔教教众保持了初心——他们依然每天喊口号，努力推销黑作坊保健品，兢兢业业地扰乱着社会治安"，读完全文回头再看却未免觉得太过轻巧，甚至不平。故事中的人尔虞我诈，孽缘自数十年前便起，绵延三代人而终，而要说这孽到底自何处起，唯有"不甘心"而已。若把时间往前推一千年，他们会是《有匪》中正邪相争的侠客豪杰；若把时间往前推一百年，他们会是国家存亡之际滚滚浪潮之中逆流而上救亡图存的仁人志士。但在现今社会之中,他们空有一身武功,又能何去何从?

就在这弹指一挥间,武侠小说中的泰山五岳、掌门豪杰,这些我们年少时曾倾慕的人物,这些本该在故事中大放异彩的年轻侠客,竟然成了新时代被生活压得喘不过气的普通人。宛如一个梦的破灭,宛如一个精神寄托的倾覆,可当我们细细想来,却又不得不为之茫然:那曾让人魂牵梦萦的江湖,那飞檐走壁来去如风的传奇,那需要无数日夜苦练酷暑严冬打熬的武功,在今时今日,又似乎当真没有什么用处。

他们的坚持,更多像是一个历史遗留下来的痕迹,甚至就连他们自己,或是根本就放弃了武功,或是已经不打算将武功传给下一代。无数武侠小说读者深以为然的"传承不可断绝",于他们更像是一个虚无缥缈的口号罢了。于是角色们本该为之自豪的武功却让他们如此尴尬:若是他们的生命中没有了武功,没有了这个身份的标识,是不是反而能好过许多?可事到如今,没有了武功,他们又还剩下些什么?

"你的一生,将以什么立足呢?"

——这是和甘卿一同被扫地出门的前室友留给她的最后一句话。

故事开头,杨清大爷和喻兰川在绒线胡同久别重逢,杨大爷有意试探喻兰川的身手,在过招后却如同鸡同鸭讲,只能无奈地下一个"黄鼠狼下耗子"的结论。除他们外,七十多岁的张美珍日日浪到飞起,二十几岁的甘卿天天得过且过,加上"社恐"和"三高",更是一塌糊涂。也正是这样已经"一塌糊涂"的众多角色,让读者在哭笑不得之余忘记了"以何立足"的命题,直至读完全书反过头来回味,才蓦地一惊,焉知这个看着平淡如鸡汤的命题,于书中多少人而言,却是一道锥心摧骨的"送命题"。

杨清为自己的身份自豪,却也因自己的身份深陷樊笼,不仅失去了本可得的爱情,更因顾及兄弟和儿子而一错再错,最终酿成大祸。甘卿年少轻狂、自以为是,最终惊觉一切都是虚妄,曾拥有的都已失去,曾笃定的却是相反的时候,一切亦无可挽回。书中人无论是放浪形骸的还是唯唯诺诺的,光明正大的还是阴私刻薄的,竟然无一不是因自己所坚信的立足之处而倍受磋磨、茫然无措,乃至爱别离、怨憎会、求不得、五阴炽盛。

唯有喻兰川游离于上述种种之外。这位社会精英仿佛一个外来者,用举报解决帮派斗争,用报警解决斗殴问题,精通三十六路工商号码,熟稔七十二记有毒鸡汤,摆明不与这些所谓的江湖中人同流合污,百般算计皆是用文明社会的手段解决事件。即便迫不得已出手,用的也是扫把、棍子、桃木剑,绝不弄出"防卫过当",哪里像是快意恩仇的江湖人?

但看他步步为营、条分缕析,与持"万木春"赫赫名声威震众人的甘卿合作无间又截然不同,又觉得如他这般也不错,甚至或可是一条前途光明的出路。大多数读者都是怀着这样的感觉看至小说结尾,看到老一辈终于了结了情仇浮沉,尘归尘、土归土,旧人离去、新人放下,绒线胡同面貌焕然一新,社会精英和无业青年居然也可以打算打算共同的未来了,不觉就要心神放松。若是小说到这里结束也颇为不错,甚至可算得上是一个主流中的圆满结局，可该来的总会来，"你的一生以何立足"——这个问题，可还没让喻兰川栽个跟头呢。

所以甘卿走了。意料之外，情理之中：一瞥就能让人心脏病发作的万木春传人，哪里是能留在所有人的目光中的呢？当结局临近，以为一切尘埃落定、皆得圆满的时候，反倒是其中人无法落定、不得圆满，若是抽离情感色彩，这不可不谓是一种破题手法，也为"结局"这一概念增加了新的可能。

——且慢，这并非结束，最后也没有来一个多年后归来重逢的戏码。兴许是出于对圆满结局的惦念，又或是想在破题之后再一次点题，喻兰川的应对又是一重出人意料："我才不等你，你给我等着。"被抛下的反倒让对方等着，小喻爷火速整合剩下的武林中人，以整体打击整体，在最后收网之时出发寻找故人，充分发挥了主观能动性的作用，值得诸位学习。

现今世人眼中的圆满，到底是什么？无论如何，"有车有房，年薪百万"这一项，恐怕总是绕不过去的：仿佛只有有了房子和薪水，或再加上一个有头有脸的职务、地位，才能在现今社会中拥有立足之地。但在本文结尾，喻兰川纵身一跃，卖房辞职一气呵成，二十年兢兢业业的经营毁于一旦，直让发小儿痛心疾首。

但——"坦白说，不容易。小心谨慎、兢兢业业，连跟人打架都放不开手脚，好不容易能够得上'青年才俊'了。可是老咸啊，一切成就也是枷锁，你同意吗？"

譬如朝露，去日苦多。

纵然经营不易，可回首过去，那么多前尘往事，如晨露般转瞬即逝，一晃神便是半生过去。那么多人身处樊笼不得自然，想留住的都辜负了，想报答的都错过了，又怎么不让人心有戚戚焉，而不得不下意识地将目光放在现在拥有的上面去呢？

因此，这个困住了书中许许多多人的问题，困不住喻兰川。他咬咬牙便抛下了自己的工作，秉承自己的优良基因去和甘卿一同流浪漂泊。在对方问起时，他熟练地展开了嘲讽的笑容："我干吗要立足，我又不是插在那就不动地方的水稻。追求人生的确定感本来就是刻舟求剑，伪命题。"

纵然全文仿佛写着大大的五个字——"人间不值得"，但字里行间却其实密密地填着"生活如此照样过"。朝露易逝，烟花易冷，莫负好春光，莫负少年意。谁又不是一边苦笑着沮丧，又打起精神继续过日子呢？